Gunter Gerlach

Melodie der Bronchien

Krimi-Erzählungen

Rotbuch Verlag

ISBN 978-3-86789-014-4

1. Auflage

Umschlaggestaltung: Wiebke Buckow/Dominik Schönefeld, Die Deichgraphen, Hamburg, unter Verwendung eines Fotos von Steve Satushek/Getty Images
Satz und Layout: Pinkuin Satz und Datentechnik, Berlin
Druck und Bindung: CPI Moravia Books GmbH

Ein Verlagsverzeichnis schicken wir Ihnen gern:
Rotbuch Verlag GmbH
Neue Grünstraße 18, 10179 Berlin
Tel. 0 18 05/30 99 99 (0,14 Euro/Min)

www.rotbuch.de

Inhalt

Allergien

Bartzsch beugte sich vorsichtig über die Leiche im Blumenbeet. An seiner Nasenspitze hatte sich ein glasklarer Tropfen gebildet, der praller wurde, sich rundete, bis sich darin die kleine, jägerzaunbegrenzte Welt mit dem Blumenbeet und dem Einfamilienhaus spiegelte. Die Frau am Eingang des Hauses hatte die Hände vor das Gesicht gepresst und beobachtete uns schluchzend. Jetzt hob sie ihre geblümte Kittelschürze und wischte sich die roten Augen.

»Die Kehle ist zerfetzt.« Bartzschs Stimme klang heiser. Mindestens zwei Allergene bedrohten in diesem Augenblick seinen Organismus. Er räusperte sich. Der Tropfen löste sich von seiner Nase und fiel auf die Leiche. Wenn er nur keinen Anfall bekam. »Mach das Foto, und lass uns verschwinden«, keuchte er. Er bekam einen Anfall und wankte hustend zum Haus.

Ich stellte die Kamera ein, fotografierte den toten Schäferhund von allen Seiten und machte eine Nahaufnahme seiner zerbissenen Kehle. Dafür hatte Bartzsch mich mitgenommen.

Bartzsch lehnte gebeugt an der Hausmauer und

presste sein Inhalationsgerät gegen das Gesicht. Eine Aluminiumflasche mit einer durchsichtigen Maske, die Nase und Mund umschloss. Er hatte es immer dabei.

»Er war so ein lieber Hund, konnte keiner Fliege was zuleide tun.« Das verheulte Gesicht der Frau und Bartzschs geschwollenes Gesicht mit der roten Nase passten zusammen.

»Wann haben Sie ihn rausgelassen?« Bartzsch hatte seine Stimme wiedergefunden.

»Nach der Tagesschau. Der konnte keinem was zuleide tun. Er blieb oft nachts draußen. Ging in seine Hütte. Alle haben ihn geliebt. Und so treu. Seine lieben Augen. Dann, heute Morgen …«

»Holen Sie den Abdecker.«

Bartzsch winkte mir zu. Tierliebe konnte für ihn tödlich sein. Wir verließen das Grundstück. Er kratzte sich mit den Fingernägeln das Gesicht.

»Kannst du mir einen Gefallen tun? Reiß mir diese verdammte juckende Nase aus dem Gesicht.«

»Wie wär's mit einem Schuss Kortison?«

Bartzsch grinste.

Mein Freund hatte nicht nur eine Allergie gegen Hunde- und Katzenhaare, sondern auch gegen Waschmittel, Tomaten, Kunststoffe, Pollen, Hausmilben, Chlor, Erdbeeren, chemische Konservierungsstoffe, Lösungsmittel, Hausstaub, Kaffee und Bratfett. Es hatte ihn für jeden Beruf ungeeignet und im Alter von fünfundvierzig Jahren zum Frührentner gemacht. Beim kleinsten Anlass bekam er Pickel,

Pusteln, Asthma, seine Nase schwoll an, auf seinem Körper formten sich rote Erdteile heraus, bewegten sich aufeinander zu, bildeten Landbrücken und in den Gelenkhöhlen blutende Erdspalten, manchmal Vulkane. Ich hatte ihn oft genug im Krankenhaus besucht.

Seine Hypersensibilität hatte ihn kortisonsüchtig gemacht. Es war das einzige Mittel, das ihn überleben ließ, und ihn dabei durch seine Nebenwirkungen langsam tötete. Doch jetzt war er mit einer Krankenschwester befreundet, die seine Wohnung in eine Isolierstation verwandelt hatte. Es ging ihm gut. Und er hatte einen neuen Fall. Er durfte wieder Detektiv spielen. Einen Fall mit Hundehaaren. Es würde ihm nicht lange gutgehen.

»Du kannst mir wirklich noch einen Gefallen tun. Ich kann die Luft in deinem Wagen ganz gut vertragen. Du könntest mich ein bisschen herumfahren. Ich muss so ziemlich alle Plätze in Hamburg inspizieren, an denen sich Hundebesitzer treffen.«

»Was suchst du?«

»Eine blutrünstige Bestie.«

Die nächtliche Verwandlung meines Badezimmers in ein Fotolabor war lange geübt. Ich brauchte wie immer drei Minuten und vierzig Sekunden. Ich wählte die Schnelltrocknung des entwickelten Films mittels meines Föhns, und nach dreißig Minuten konnte ich die zerbissene Kehle als Negativ unter meinem Vergrößerungsgerät betrachten. Bartzsch fehlte so ziemlich alles zu einem richtigen Detektiv, und nun war er auch noch auf den Hund gekommen. Ein toter Hund. Was würde er für die Jagd nach der Mörderbestie bekommen? Hoffentlich kein Erfolgshonorar. Denn spätestens nach einer Woche würde er feststellen, dass man einen Mord unter Hunden nicht aufklären kann. Hunde kann man nicht verhören oder mit einem Trick zu einem Geständnis bewegen. Und selbst wenn es ihm gelang herauszufinden, wer die Bestie war, was dann? Polizei, Gerichtsverfahren, Gefängnis? Ich schob die letzten Vergrößerungen in die Wasserschale und hängte die Handdusche zum Wässern hinein. Das größte Problem meines Fotolabors sind die Rückenschmerzen. Sie kommen unausweichlich, wenn man zwei Stunden vor der Badewanne kniet. Vor dem nächsten Morgen würde ich Bartzsch die Bilder nicht bringen können. Ich besitze keine Trockenpresse und muss die Vergrößerungen über Nacht auf die Wäscheleine hängen.

Richtige Detektive wohnen bestimmt westlich der Alster oder haben ihr Büro in der Innenstadt. Sie leben wahrscheinlich von Scheidungen, Inkassoaufträgen und Wirtschaftsinformationen.

Bartzsch hatte kein Büro, er wohnte in Wandsbek und lebte von einer Rente.

Das dreistöckige Wohnhaus aus den sechziger Jahren lag direkt gegenüber dem Eichtalpark. Bartzschs neueste Allergiebremse war eine selbstgebaute Luftschleuse gleich hinter der Wohnungstür. Schuhe und Straßenkleidung mussten hier abgelegt werden. Das

Überziehen steriler Kleidung, eine Forderung seiner Freundin, hatte er verhindern können. Im spärlich ausgestatteten Wohnzimmer war Staub- und Milbenvermeidung oberstes Gebot.

Er bot mir von seinem Kräutertee an. Ich legte ihm die Fotos auf den Tisch.

»Bartzsch, du bist verrückt. Du kannst nicht gegen einen Hund ermitteln, der einem anderen Hund getötet hat.«

»Es geht nicht um einen toten Hund.« Sein rundes Kortisongesicht grinste. »Es sind drei.«

»Wir sind hier nicht in der Taiga, wo man mit langläufigen Jagdflinten den Spuren einer Bestie folgen könnte. Wir sind in Hamburg und haben es offiziell mit vierzigtausend Hunden zu tun, vom Schoßhündchen bis zum Zuhälterkampfhund, und die pissen an jede Straßenecke und hinterlassen täglich tonnenweise Hundekot. Das sind deine Spuren. Da musst du aufpassen, dass du nicht mittendrein trittst.«

»Ich suche einen ganz bestimmten Hund. Ich weiß sogar, wie er in etwa aussieht.«

»Diese alte Frau ist wirklich deine Klientin?«

»Nein, ein kleines Mädchen.«

Er öffnete einen Aktenordner und schob mir einen Ausschnitt aus der Hamburger Morgenpost zu. Es ging um einen Jogger, der von einem Hund angefallen und schwer verletzt worden war. Ein zweiter Zeitungsausschnitt folgte. Er zeigte ein lächelndes dreijähriges Mädchen. Ein Hund hatte ihr Kinn und Wange zerbissen.

»Hinzu kommen drei Hunde mit zerbissener Kehle. Die stehen nicht in der Zeitung. Und alles innerhalb von vierzehn Tagen.«

»Und du meinst, es könnte ein und derselbe Hund sein? Ein Mörderhund? So was gibt es nur im Kino.«

»Es gibt einige Krankheiten, Staupe zum Beispiel, wenn ein Hund die überlebt, hat er oft Hirnschäden, dann funktionieren seine Instinkte nicht mehr richtig.«

Wir nippten an unserem bitteren Kräutertee, und ich sah, dass Bartzsch ihn ebenso angewidert trank wie ich.

»Ist das ein Hobby von dir?«

»Es ist Sylvias Spezialmischung. Ich muss ja, aber warum trinkst du ihn?«

»Ich meine, hast du einen Auftraggeber?«

»Sylvia macht diesen Tee nur für mich.«

Er wollte mich nicht verstehen. Aber ich war sicher, dass er einen Klienten hatte und versuchte, wie einer dieser amerikanischen Filmdetektive ein Geheimnis daraus zu machen. Er war eine miserable Besetzung für diese Rolle.

Wir stiegen in mein Auto, einen alten Volvo, dessen Kunststoffverkleidung vierzehn Jahre Zeit hatte, ihre Gifte auszudünsten. Wahrscheinlich war Bartzsch von dem Jogger oder den Eltern des kleinen Mädchens beauftragt worden, denn von ihnen hatte er eine Beschreibung des Hundes. Der Jogger hatte behauptet, es sei ein riesiger Wolfshund gewesen mit blauen Augen, grauem Fell und einer auffällig geschlängelten schwarzen Zeichnung auf dem Rücken. Die Eltern des Mädchens hatten zwar von einem hüfthohen Schäferhund gesprochen, aber auch von einer zackenförmigen schwarzen Decke auf dem Rücken.

Die Wiese vor dem »Kleinen Fährhaus« an der Alster war immer noch ein Hundespielplatz. Die Warnung der Behörden, bei frei laufenden Hunden in öffentlichen Anlagen künftig härter durchzugreifen, hatte keine große Wirkung gezeigt. Wir fuhren zum Anleger und beobachteten das Treiben vom Auto aus. Es war ziemlich reinrassig. Neben uns beförderte eine Frau zwei Wollknäuel aus ihrem BMW.

»Malteser«, kam es fachmännisch von Bartzsch.

»Du kennst dich aus.«

»Ich bin seit kurzem Besitzer eines Hundebuchs.«

»Der da gefällt mir.«

»Irischer Wolfshund.«

»Und das arrogante Vieh rechts?«

»Keine Ahnung. Ein Windhund. Vielleicht ein Barsoi. Der Hund des Zaren. Könnte auch ein Saluki sein oder …«

Bartzsch richtete sich plötzlich auf, sog heftig die Luft ein und gab knurrend Laut. »Da!«

Ein Mann mit zwei Schäferhunden betrat die Bühne. Am Rand der Wiese klinkte er die Hunde von der Leine. Der eine versuchte, den Barsoi zu jagen, der andere buckelte und ließ eine Wurst fallen.

»Die muss ich mir ansehen.«

»Die Hundescheiße?«

Bartzsch stieg aus, betrat die Wiese und ging zielstrebig auf den Mann mit den Schäferhunden zu. Ich folgte ihm und fühlte einen Blick in meinem Rücken. Ich drehte mich um. Zwischen den Blättern des Gebüschs auf der anderen Seite der Straße leuchteten ein Stück Fell und zwei stechende Augen.

»Wissen Sie, ich suche einen Deckrüden«, hörte ich Bartzsch sagen. Ich blieb auf Abstand. Der Mann sah Bartzsch nicht an, sondern hatte nur seine Hunde im Auge. »Ich lege Wert auf eine besondere Zeichnung. Wissen Sie, der Sattel sollte schmal und geschlängelt oder gezackt sein.«

»Das gibt's doch nur bei Mischlingen.«

»Ich hab aber mal so einen gesehen.«

»Wahrscheinlich einer von den Harburgern. Da gibt es eine Gruppe Jugendlicher, die haben Spaß an so was. Aber alles nichts Reinrassiges. So was wird vom Zuchtverband doch nicht anerkannt.«

Einer der Hunde war zurückgekommen, hatte sich seitlich von Bartzsch aufgestellt, fixierte ihn und begann, leise zu knurren. Bartzsch wich einen halben Schritt zurück.

»Keine Angst. Der tut nur so. Der ist ganz gutmütig. Lord, sitz!«

Der Hund setzte sich, ließ Bartzsch nicht aus den Augen, knurrte wieder und hob die Lefzen.

»Lord, bei Fuß!«

Der Hund drehte nur ein Ohr, hob sein Hinterteil etwas an und neigte sich nach vorn, als wolle er springen.

»Lord, kommst du her! Bei Fuß!«

Bartzsch wagte nicht, sich zu rühren. Seine Nackenhaare hoben sich und gaben den Blick auf zwei diamantsplittergroße Schweißperlen frei. Der Mann hielt den Hund am Würgehalsband fest.

»Sie brauchen keine Angst zu haben, der tut keinem was. Wirklich. Er kennt Sie halt nicht.«

»Schon gut. Vielen Dank noch.« Bartzsch drehte sich um, in diesem Moment machte der Hund einen Satz. Bartzsch sprang nach vorn. Die Zähne schnappten ins Leere.

»Ich glaube nicht, dass wir hier noch länger bleiben sollten.«

Ich steckte den Schlüssel ins Zündschloss. »Wir sind enttarnt. Der Hund wusste genau, wer du warst. Und jetzt macht es die Runde.«

Bartzsch hatte einen Hamburger Stadtplan auf den Knien ausgebreitet.

»Was ist los? Wo wollen wir hin?«

»Harburg macht keinen Sinn. Ich weiß, dass dort auf dem Schwarzen Berg ein Hundetreff ist, aber nein, zu weit weg.«

Er fuhr mit dem Finger auf dem Stadtplan entlang.

»Die Tatorte konzentrieren sich in Eilbek und in Wandsbek. Der Jogger wurde in der Bellevue angefallen – schon ziemlich weit außerhalb. Wie wär's hiermit: Kuhmühle. Könnte ein Treffpunkt für Hundebesitzer sein.« Als wir losfuhren, löste sich ein schwarzer Hund aus dem Gebüsch und jagte uns bis zur Kreuzung nach.

Wir inspizierten den Kuhmühlenteich an der Eilenau, gingen auf dem Dulsberg spazieren und umrundeten den Mühlenteich am Bahnhof Friedrichsberg. Im Wandsbeker Gehölz machte Bartzsch schlapp. Sein Atem klang wie das Hecheln des Schäferhunds am Würgehalsband. Ich schätzte, dass wir rund zwanzig von den vielleicht achttausend Schäferhunden in Hamburg abgehakt hatten. Ich setzte Bartzsch zu Hause ab und sah, wie ein großer, schwarzgelber Hund hinter der Ecke seines Hauses verschwand.

»Weißt du, dass es den Deutschen Schäferhund erst seit rund neunzig Jahren gibt?«, fragte er mich beim Abschied durchs Autofenster.

Er stand wieder kurz vor einem Asthmaanfall.

»Spar dir deine Luft für die Treppen.«

»Ich erzähl dir die Geschichte als kleines Dankeschön. Ein gewisser Rittmeister von Stephanitz hat diese Rasse erfunden. Er legte ihre Merkmale fest. Die Biester müssen ihn dafür geliebt haben, denn als er 1936 starb, bellten ihm zu Ehren siebenhundert Schäferhunde auf einer Ausstellung in Köln eine Minute lang.« Er begann zu kichern, holte röchelnd Luft und stieß ein lachendes Bellen aus, das in einen Hustenanfall überging. Ich war mir nicht sicher, ob er die Treppen nach oben noch schaffen würde.

Kaum war ich zu Hause, klingelte das Telefon. Ich nahm ab, und am anderen Ende war das typische Luftholen zu hören.

»Wenn das nicht mein alter Freund Singende Lunge ist.«

»Hör zu, Arschloch, ich brauch dich noch mal.«

»Soll ich dich ins Krankenhaus fahren?«

»Hör auf mit dem Scheiß. Ich hab da eine Anzeige aufgegeben. Im Abendblatt. Wegen toter Hunde. Und es gibt ein paar Zuschriften. Interessante. Zwei Leute. Nicht weit. Bitte.«

»Schon gut.«

Es bellte in der Leitung.

Ich legte auf und ging die letzten Abendblätter durch.

Kleinanzeigen »Verschiedenes«. Ich fand seine Anzeige: »Hundemorde! Wessen Hund wurde in letzter Zeit umgebracht? Chiffre ...«

Vor mir sah ich Waschkörbe voller tränendurchweichter Briefe.

Bartzsch ging es nicht gut. Das Orchester in seinen Bronchien war laut und vernehmlich und gab unser erstes Fahrtziel an. Eine Arztpraxis.

»Ich dachte, Sylvia hätte dich im Griff.«

»Es ist die Praxis, in der sie arbeitet. Ich hol mir nicht mehr Kortison als unbedingt nötig.«

Bartzsch hatte neun Zuschriften bekommen. Zwei Hundebesitzer hatten sich nur ausweinen wollen. Ihre Köter waren vermutlich eines natürlichen

Todes gestorben. Drei Tiere kamen von außerhalb Hamburgs. Zwei hatten Rattengift gefressen. Einer hatte sich in einem Zaun erwürgt. Und zweien war nachts im Garten die Kehle durchgebissen worden; in Wandsbek und im benachbarten Tonndorf. Unsere Bestie verriet ihren Standort.

»Er war so ein schönes Tier. Wir nannten ihn Benni, aber eigentlich hieß er Benjamin von Hohenhorst. Wir holten ihn von einem Züchter.« Die Frau hatte uns Kaffee serviert, stand jetzt am Fenster und sah in den Garten hinaus, der direkt an das Wandsbeker Gehölz grenzte.

»Da draußen ist irgendetwas. Wir können es uns nicht anders erklären. Er lag am Morgen tot neben dem Zaun. Die Kinder sind besonders traurig darüber. Man hört ja manchmal was von irgendwelchen wilden Tieren im Gehölz.«

»Vielleicht ein wildernder Hund.« Bartzsch betrachtete seinen Kaffee, den er nur aus Höflichkeit nicht abgelehnt hatte, und ich fürchtete schon, er würde ihn trinken. Aber Sylvia hatte ihn gut erzogen. Er schob die Tasse zurück und stand auf. »Zeigen Sie uns bitte die Stelle.«

Wir gingen in den Garten. Der Zaun war kein Schutz. Man konnte ihn ohne weiteres überklettern. Ein großer Hund hätte darüberspringen können. Dahinter der dunkle Park. Große alte Buchen mit silbergrauen Stämmen, silbergrau wie Wolfsfell.

»Wissen Sie, er war kein besonders guter Wachhund. Ganz im Gegenteil. Der machte sogar Männchen vor dem Briefträger. Wenn man nicht aufpasste, ging er mit jedem mit. Er war ein bisschen dumm – aber lieb.«

»Und das war vor acht Tagen?«

»Ja.«

Wir kehrten ins Haus zurück. Ich hatte wieder das Gefühl, dass da draußen ein Tier war und uns beobachtete.

»Schade«, sagte Bartzsch, »ich hätte ihn gern untersucht.«

»Aber das können Sie.«

»Wie?«

»Wissen Sie, wir wollten ihn draußen im Wald beerdigen, an einer schönen Stelle. Ich weiß, dass das verboten ist, aber wir liebten Benni so. Und dann hatten wir am Wochenende keine Zeit.«

»Und?«

»Er liegt in der Kühltruhe.«

Ich holte meinen Fotoapparat aus dem Auto, und dann stiegen wir in den Keller. Benjamin von Hohenhorst lag in einem verschnürten Müllbeutel zuoberst in der Kühltruhe. Unter ihm Beutel mit Fleischteilen, Gemüse und Pommes. Bartzsch grinste mich an. Wir legten den Müllbeutel auf den Fußboden und zogen den steifgefrorenen Hund heraus. Die Verletzung an der Kehle kannte ich schon. Ich machte mein Foto, und Bartzsch nutzte die tiefgekühlte Gelegenheit, den Hund genau zu untersuchen. Das steifgefrorene

Fell konnte seinen empfindlichen Schleimhäuten kaum etwas anhaben.

Wir fuhren zur zweiten Adresse. Ein Endreihenhaus in Tonndorf in der Nähe der Filmstudios. Ein alter Mann öffnete uns. Seine Frau lag seit dem Tod des Hundes krank im Bett. Er weinte, als er uns die Stelle im Garten zeigte. Hier habe er gelegen, tot. Der Tierarzt hatte den Kadaver abgeholt. Bartzsch ließ sich die Adresse geben.

»Finden Sie den Mörder!«, bat der Mann beim Abschied. »Ich glaube, meine Frau überlebt das nicht.« Die Tränen quollen ihm wieder aus den Augen, und er wandte sich ab.

Kaum saßen wir im Auto, begann Bartzsch »Das alte Försterhaus« von Friedel Hensch und den Cyprys, einen Schlager aus den fünfziger Jahren, zu pfeifen.

»Findest du das nicht pietätlos? Du pfeifst, und da drinnen spielt sich eine Tragödie ab.«

»Du hast recht. Warte.« Er sprang aus dem Auto, klingelte wieder an der Haustür und sprach kurz mit dem Mann, dann kam er zurück.

»Und?«

»Ich habe ihm einen Auftrag gegeben. Er soll zusammen mit seiner Frau ins Tierheim fahren und dort für mich nach einem Schäferhund mit gezackter Zeichnung auf dem Rücken Ausschau halten und mich dann anrufen.«

»Müssten wir das nicht selbst tun?«

»Ich glaube nicht. Denn wenn die beiden dort hinfahren, kommen sie wahrscheinlich mit einem neuen Hund zurück.«

Bartzsch als Samariter!

Dann nannte er mir eine weitere Adresse.

»Wer wohnt dort?«

»Mein Klient.«

»Du verschweigst mir irgendetwas.«

»Man kann nicht verschweigen, was man selber nicht genau weiß.«

»Komm, erzähl schon.«

»Du weißt doch, wie das abzulaufen hat: Am Schluss holt der Detektiv alle Verdächtigen zusammen und entlarvt den Täter.«

»Ein Treffen aller Schäferhundbesitzer samt ihren Kötern? Wo soll das stattfinden? Unter welchem Vorwand? Die werden dich zerfleischen.«

»Gar nicht nötig. Die würden mich allein durch ihre Anwesenheit umbringen.«

»Also, was hast du vor?«

»Erst mal herausfinden, was die Polizei unternommen hat.«

»Hast du neuerdings Verbindungen?«

»Mein Klient wird's wissen.«

Wir fuhren in eine der Straßen in der Nähe des Wandsbeker Krankenhauses.

»Was sind das für Leute?«

»Eine ganz normale Familie. Er hat eine Schlosserei. Sie ist Hausfrau. Ihr einziges Kind wurde angefallen.«

Ich musste warten, und Bartzsch ging in das Haus. Ich stieg aus und setzte mich auf die Gartenmauer. Vor der Haustür lag ein Dreirad auf den Treppenstufen. In großer Entfernung bellte ein Hund, ein zweiter setzte ein, und schließlich begann ein dritter, langgezogen zu heulen. Ich wusste genau, wie er aussah.

Bartzsch trat aus der Haustür. Er verabschiedete sich von einer weinenden Frau.

»Ich komme noch mal wieder, wenn Ihr Mann da ist.« Bartzsch zog mich zum Auto.

»Und? Was ist?«

»Die sind verzweifelt. Die Tochter liegt immer noch im Krankenhaus. Die Bestie hat sie ziemlich schlimm erwischt. Ein Loch in der Wange. Da bleiben Narben fürs Leben.«

»Und haben sie etwas von der Polizei gehört?«

»Nein, nichts. Der Mann fährt selbst nächtelang mit dem Fahrrad durch die Gegend, um die Bestie zu finden.«

»So ein Hund hat doch keinen Besitzer, den man haftbar machen kann.«

Bartzsch schwieg, hustete, rutschte auf dem Sitz herum und verkroch sich mit dem Kopf in seinem Jackett.

»Wie wär's mit einem kleinen Dankeschön?«

»Gut.« Er tauchte wieder auf. »Ich glaube, wir haben es hier mit zwei, vielleicht sogar mit drei Fällen zu tun.«

»Wie meinst du das?«

»Das kleine Mädchen und die toten Hunde haben nichts miteinander zu tun. Und es würde mich nicht wundern, wenn der Jogger auch ein Fall für sich ist.«

»Wie kommst du darauf?«

»Wenn normale Hunde miteinander kämpfen, dann bringen sie sich im Gegensatz zu den Menschen nicht um. Einer von beiden macht irgendwann die Unterwerfungsgeste. Und dann hält der andere im Kampf inne. Beißhemmung. Haben wir es aber mit einem irren Hund zu tun, einer Mörderbestie, dann würde der Unterlegene weiterkämpfen oder abhauen, wenn seine Demutsbezeugung nichts nützt. Sie hätten alle abhauen können. Sie haben es genauso wenig getan, wie sie gekämpft haben. Sie haben sich nicht gewehrt.«

»Woher weißt du das?«

»Ich hatte mich schon bei der ersten Hundeleiche gewundert, aber erst bei dem tiefgekühlten Tier konnte ich nahe genug ran, um es gründlich zu untersuchen. Es hatte nicht die geringste Verletzung, außer seiner zerfetzten Kehle.«

»Aber was bedeutet das?«

»Ich weiß es nicht.«

»Du glaubst nicht mehr an eine Bestie, die ihre Feinde mit einem einzigen Biss tötet?«

Er schwieg, nur sein Atem war zu hören. Wir stiegen aus und standen einen Augenblick unschlüssig auf dem Fußweg.

»Du brauchst mich nicht mehr, was?«

»Doch.« Er sah auf den Boden und schob ein Stück

rotes Glas mit dem Fuß über eine Gehwegplatte. »Weißt du, als ich ein Kind war, gehörte so ein Stück von einem reflektierenden Rücklicht zu meinen kostbarsten Schätzen.« Er sah mir ins Gesicht. Unter seinen Augen hatte die Haut eine dunkle Färbung angenommen, und zahllose kleine Fältchen hatten sich hier gebildet.

»Ich brauche dich morgen Nachmittag zum Schmierestehen.«

Anscheinend muss jeder Detektiv bei seiner Arbeit immer wieder das Gesetz übertreten, das er doch schützen will. Wenn ich an die vielen Krimis denke, die ich im Kino oder im Fernsehen gesehen habe, hat kaum einer dabei Gewissensbisse. Sonst wären es wohl auch klassische Dramen.

Ich war pünktlich. Bartzsch kam aus dem Haus und trug einen Schal um den Hals. Er sah nicht gut aus, seine Augen hatten tiefe Schatten.

»Bist du erkältet?«

Er hob den Schal und lüftete die raue, blutige Haut an seinem Hals. »Ich war gestern noch zum Essen in einem Restaurant. Das ist die Strafe.«

Seine Bronchien musizierten mehrstimmig.

»Hat Sylvia nicht auf dich aufgepasst?«

»Sie ist zu ihren Eltern gefahren.«

»Ich hoffe, es hat wenigstens geschmeckt.«

»Es war eine stinknormale Pizza. Bah!«

»Was immer du vorhast, vielleicht sollten wir es verschieben.«

Er ließ sich nicht abhalten, verkroch sich auf dem Beifahrersitz und drückte röchelnd sein Inhalationsgerät gegen das Gesicht.

Es waren ungewöhnlich viele Hunde auf den Straßen. Ich kannte die Adresse, verstand aber nicht, was er vorhatte. Es war das Haus des kleinen Mädchens.

»Du wartest im Wagen.«

»Könnte so ein Killerhund nicht auch an den Tatort zurückkehren?«

Bartzsch zog missvergnügt die Oberlippe hoch und sah auf die Uhr. »Ich weiß nicht, wie viel Zeit ich habe. Sie sind im Krankenhaus bei ihrer Tochter. Gefahr kommt auch von den Nachbarn.«

»Was hast du vor?«

»Einbrechen.«

»Ich lass dich nicht allein.«

Wir gingen um das Haus herum zum Kellereingang.

»Erwartest du eine Leiche im Keller?«

Wortlos zog er einen dicken Schlüsselbund hervor. Die Gärten waren dicht mit Büschen bewachsen, die Zäune niedrig. Es raschelte unter einem Busch, und ich erwartete ein paar stechende Augen. Ein Vogel hüpfte hervor. Aber da war noch etwas, denn der Vogel flatterte plötzlich erschrocken davon. Das Türschloss ergab sich Bartzschs Schlüsseln. Wir betraten eine Mischung aus Fahrradkeller und Waschküche. Ich hätte gern die Tür hinter mir zugezogen, aber Bartzsch verbot es mir. Ich hatte nicht das Gefühl, dass uns von den Besitzern des Hauses oder den Nachbarn Gefahr drohte, sondern von dem, was da draußen im Gebüsch war.

Zwei Rennräder hingen an der Decke. Eins lehnte an der Waschmaschine. »Rennfahrer. Amateur. Sein Hobby.« Bartzsch hatte Mühe zu sprechen. Sein Atem ging kurz und geräuschvoll. Wir betraten einen weiteren Raum mit einer Werkbank. Bartzsch durchstöberte Schränke und Schubladen. Sein Gesicht verfärbte sich.

»Scheiße«, stieß er hervor und wankte zum Ausgang ins Freie. Er zog hastig sein Rettungsgerät hervor und inhalierte.

»Was suchen wir?«

»Ich glaube nicht, dass er es mit dem Mund macht.« Bartzsch stieg die Treppe hoch und legte sich mit dem Rücken flach auf den Rasen.

»Was nicht mit dem Mund macht?« Ich ließ das Gebüsch nicht aus den Augen. Ich musste Bartzsch hier wegbringen, möglichst direkt ins Krankenhaus.

»Beißen. Die Kehle durchbeißen.«

Jetzt verstand ich Bartzschs Idee.

»Du bist verrückt.« Wieder raschelte es im Gebüsch. Etwas Lebendiges bahnte sich vorsichtig den Weg durchs Unterholz.

»Kenne ihn.« Er röchelte. Sein Brustkorb hob sich, und er begann zu husten.

»Bartzsch, verdammt, schaffst du es bis zum Auto?«

Er hörte auf zu husten, und seine Atemzüge wurden länger. Auch aus den Büschen kam kein Laut mehr. Es war viel zu ruhig.

»Scheiße. Lösungsmittel da unten. Nicht gerochen?«

»Komm, ich fahr dich ins Krankenhaus. Wir müssen hier weg.«

»Muss finden.« Er hustete wieder. Röchelte. Hustete. Sein Gesicht verfärbte sich vor Anstrengung. Wenn ich nichts tat, würde er ersticken. Aber ich konnte ihn auch nicht allein lassen, um einen Krankenwagen zu rufen. Dort im Gebüsch des Nachbargartens saß etwas, beobachtete uns, wartete. Und wenn ich ihn gegen seinen Willen zum Auto schleppte, konnte ihn die Anstrengung der Gegenwehr ebenso umbringen.

»Bartzsch, hast du eine Waffe?« Er hörte auf zu husten und sah mich verwundert an.

»Keller. Ich muss es finden.« Er versuchte sich aufzurichten.

»Scheiße, Bartzsch, bleib liegen.« Ich griff ihm unter die Achselhöhlen, zog ihn bis zur Hausmauer und lehnte ihn mit dem Oberkörper dagegen, dass er einen Blick auf das Gebüsch hatte. Dann rannte ich in den Keller, griff einen Spaten, hetzte zurück und drückte ihn Bartzsch in die Hände. »Verdammt, Bartzsch, halt die Augen offen. Das Biest ist hier. Ich suche das Ding für dich.«

Ich hetzte in den Keller zurück. Wenn der Mann wirklich abends mit dem Fahrrad unterwegs war, um sich an allen Hunden für das Schicksal seiner Tochter zu rächen, dann hatte Bartzsch die einfachste Lösung übersehen. Draußen bellten Bartzsch Bronchien. Mit zitternden Fingern öffnete ich die Reparaturtasche des Fahrrads, das an der Waschmaschine lehnte. Da war es, das Instrument der Rache. Zwei halbrunde Bleche mit herausgesägten Zacken, wie ein Gebiss miteinander verzahnt, eingewickelt in ein blutiges Tuch. Ich stürzte wieder hinauf in den Garten. Bartzsch atmete ruhig mit geschlossenen Augen. Eine Katze trat aus dem Gebüsch und rieb sich mit steil aufgerichtetem Schwanz am Gartenzaun.

Bartzsch hatte seinen Hundemörder. Die Kortisonspritze bekam er im Krankenhaus. Am nächsten Tag sprach er mit dem Vater des kleinen Mädchens. Der Rest war Schweigen.

Den anderen Fall löste die Polizei. Sie erschoss einen wildernden Hund in der Barsbütteler Feldmark, nachdem dieser einen Spaziergänger angefallen hatte. Wir fuhren hin, um uns das Tier anzusehen. Es war eine Schäferhundmischung mit einer auffälligen Zeichnung auf dem Rücken.

Überfall

Der Angriff erfolgte lautlos an einem Septembermorgen und setzte eine Kette komplizierter chemischer Reaktionen in Gang, die zur Katastrophe führen würden. Bartzsch ahnte es nach dem fünften Niesen. Eine kleine Dreierkette ausdrucksloser Nieser schloss sich an. Alarmstufe Gelb. Dann Ruhe. Bartzsch horchte in sich hinein, rieb sich die Nase mit der Handfläche. Immer noch Ruhe. Doch dann folgte eine Eruption: sechs sich überschneidende Nieser mit gewaltiger Druckwelle. Rotz flog ihm über die Wange, Tränenflüssigkeit schwappte über die Augenlider, Äderchen platzten. Alarmstufe Rot.

Bartzsch drückte die Nasenwände zusammen, tupfte sich mit einem Papiertaschentuch das Gesicht. Sein Brustkorb verengte sich. Als hypersensibler Allergiker und Asthmatiker hatte er nicht mehr viel Zeit. Bald würden sich Kurzatmigkeit, Husten, Atemnot, Erstickungsanfälle einstellen. Er musste den Auslöser dieses Angriffs finden!

Vierzehn Allergene, hatten die Ärzte im Laufe der Zeit herausgefunden, führten bei Bartzsch zu einer Überreaktion des Immunsystems. Doch gegen sie war seine Wohnung gut geschützt, mit einer Schleuse am Eingang, luftdichten Fenstern, elektrischen Luftfiltern – kein verdächtiger Stoff kam über seine Schwelle. Bartzsch prüfte alle Fenster. Heute Morgen hatte er kurz in der Küche die Balkontür zum Lüften geöffnet. Es hatte geregnet, und die Gefahr des Pollenfluges war gering gewesen.

Das Gesicht im Badezimmerspiegel war schon nicht mehr das seine. Rote Quaddeln breiteten sich aus, waren gerade dabei, die Haut am Hals zu erobern. Bald würde er dem Juckreiz nicht mehr standhalten, sich mit den Fingernägeln das Gesicht harken müssen. Sein Atem stieß Warnpfiffe aus. Die Zeit wurde knapp.

Er zwang sich, systematisch vorzugehen, schließlich besaß er außergewöhnliche Fähigkeiten in der Disziplin des Überlebens – und als Kriminalist. Eine Leidenschaft, die ihn als Frührentner ebenso am Leben hielt.

Er hatte keine Tomaten oder Erdbeeren gegessen, keinen Kaffee getrunken, keine Konservierungsstoffe zu sich genommen. Er besaß keine mit Formaldehyd getränkten neuen Kleidungsstücke. Er war nicht mit Lösungsmitteln, Tierhaaren und auch nicht mit Bratfett in Berührung gekommen. Es gab keine Blumensträuße in der Wohnung, selbst Hausmilben fanden kaum Nistplätze. Alle Lebensmittel waren ausgetestet und bewährt. Er besaß nichts Neues.

Sein Atem wurde flach. Winzige Schweißperlen zierten die roten Quaddeln in seinem Gesicht. Der

Gedanke, einem neuen, dem fünfzehnten Allergen ausgesetzt zu sein, formierte sich, versetzte ihn in leichte Panik. Er fluchte tonlos, bekam nicht genug Luft, um es laut zu tun.

Die Zeit war abgelaufen. Es blieb ihm nichts anderes übrig, als sich Kortison zu verabreichen, jenes Mittel, das ihn rettete und mit seinen Nebenwirkungen zugleich dem Tode näher brachte. Für den Notfall hatte er eine Ampulle im Badezimmerschrank. Es würde nicht die erste Spritze sein, die er sich selbst setzte. Erst beim Griff in den Schrank fiel ihm ein, dass er die letzte Ampulle vor drei Wochen verbraucht und nicht ersetzt hatte.

Er setzte sich in die Küche, versuchte sich zu beruhigen, gleichmäßig zu atmen, spürte den Hustenreiz. Bloß nicht nachgeben. Seine Luftröhre hatte nur noch den Durchmesser eines Strohhalms. Er röchelte. Er musste einen Rettungswagen rufen. Hatte Angst, am Telefon nicht mehr sprechen zu können. War er schon blau im Gesicht? War es zu spät? Verursachte der Sauerstoffmangel schon Halluzinationen? Eine kleine Katze strich an seinen Füßen entlang. Er sprang auf. Die Katze war echt. Katzenhaare! Tierische Hautschuppen!

Er würgte, hustete. Lungenbläschen platzten. Sein Atem rasselte. Jetzt gab er dem Juckreiz nach. Seine Hände zuckten hoch, rissen die Gesichtshaut auf. Blutige Fingernägel. Das Jucken blieb. Seine Brust schnürte sich zusammen. Luft! Er brauchte mehr Luft!

In einer letzten Anstrengung griff er die Katze, rannte mit ihr in den Hausflur, fiel fast gegen die Tür der Nachbarwohnung, rutschte mit den schweißigen Fingern an der Klingel ab und sank langsam mit dem Todfeind auf dem Arm in die Knie.

Endlich öffnete sich die Tür.

»Da ist sie ja, unsere kleine Mitzi. Du kleine Freche, bist wohl über den Balkon zu dem Onkel, was?«, sagte die Nachbarin.

Bartzschs Bronchien antworteten mit einem schleimigen Rasseln.

Der Notarzt rettete ihn mit viel Sauerstoff und Kortison.

Verdächtige Geräusche

Nette Nachbarn

Irgendetwas ist anders als sonst. Ein wenig später als üblich zieht der arbeitslose Dreher in der Wohnung über mir die Toilettenspülung. Das Rauschen übertönt für einen Augenblick alle anderen Geräusche im Haus. Ich weiß schon, was als Nächstes kommt: Er hinkt ins Wohnzimmer (ein Gabelstapler ist ihm über den Fuß gefahren, die Umschulung zum Bürogehilfen blieb erfolglos). Dann macht er den Fernseher an – am Anfang immer zu laut. Seltsam, es verzögert sich. Er hinkt zurück ins Schlafzimmer. Auf den ist kein Verlass. Der will sich doch nicht etwa wieder hinlegen? Meine Nachbarin Gönül dagegen (Türkin, seit zwanzig Jahren in Deutschland – ihr Mann Erdal arbeitet bei der Post, die Tochter geht zur Schule, der Sohn studiert) ist wie üblich beim Abwasch des Frühstücksgeschirrs. Wenn ich will, kann ich zählen, wie viele Messer und Gabeln sie in die Spüle wirft. In fünfzehn Minuten wird sie das Haus verlassen. Sie putzt nebenher bei einer Anwaltsfamilie. Von unten kommt der erwartete trockene Hustenanfall. Frau Weser ist zweiundachtzig, verwitwet, hat Asthma wie ich und raucht bestimmt wieder mal verbotenerweise eine Zigarette. Ich rieche es durch die Ritzen des Fußbodens. Ich höre ihre Schritte auf dem Flur. Ich weiß genau, was sie jetzt tut: Sie leert den Ascher ins Klo. Spurenbeseitigung. Gleich wird sie spülen.

Plötzlich ist für einen Moment vollkommene Ruhe im ganzen Haus – als hätten sich die anderen sechs Mietparteien verabredet, die Ohren gegen die Türpfosten zu drücken, um zu hören, was ich gerade mache. Ich bleibe ganz still in meinem Bett liegen. Regungslos, mit angelegten Armen, halte ich den Atem an, bis mir die Luft ausgeht, meine Nachbarin das Besteck in eine Schublade fallen lässt und die alte Witwe endlich ihre Kippen runterspült. Dann drehe ich mich vorsichtig, damit es nicht knarrt, in meinem Bett zur Seite und schaue auf die Uhr. Es ist kurz nach halb acht morgens, und in zwei, drei Minuten müsste der Rentner Karzek aus dem Erdgeschoss seine Bierflaschen aus der Wohnung in den Keller tragen. Er trinkt jeden Abend vier Bier und ist in seinen Gewohnheiten der Verlässlichste und Pünktlichste von uns allen. Während ich den vertrauten Geräuschen nachlausche, die mir das in den fünfziger Jahren mit wenig Komfort erbaute Mietshaus seit acht Wochen jeden Morgen bietet, geschieht das Unerwartete. Es perlt durch die Decke, läuft an der Wand entlang bis zu meinem Bettpfosten, lässt ihn fast vibrieren.

Jemand lacht! Eine Frau. Ein junges Lachen, laut,

herzlich, ohne Scheu. Erschrocken richte ich mich in meinem Bett auf. Das darf nicht sein. So hat hier noch niemand gelacht. Wer ist das? Woher kommt das? Ich presse mein Ohr gegen die Wand. Kein Zweifel, es kommt von oben. Der hat eine Frau bei sich. Das gibt's doch gar nicht. Das war noch nie da. Deshalb ist der wieder ins Schlafzimmer. Er hat eine Frau. Der!

Unmöglich. Woher hat er die? Wie zur Bestätigung setzt das Lachen noch einmal ein. Was machen die da? Liegen die im Bett? Das Lachen versickert. Hat er sie umgebracht, mit einem Kissen erstickt?

Wieder herrscht für einen Moment absolute Ruhe. Plötzlich ein kurzes Röcheln. Würgt er sie? Doch was ist das? Stoßweiser Atem! Die treiben es doch nicht etwa um diese Zeit vor aller Ohren?

Das halte ich nicht aus. Ich richte mich auf, setze mich auf die Bettkante und warte, bis ich sicher bin, dass mir beim Aufstehen nicht schwarz vor Augen wird. In dieser Position hört man gar nichts mehr aus dem Haus. Wenn ich liege, wirkt mein Bett dagegen wie eine Art Verstärker. Wie ein Lautsprecher. Vielleicht liegt es daran, dass mein Bett von einem Zelt umhüllt ist. Mit dieser Konstruktion versuche ich die Staubmilben abzuwehren und die Effizienz meines elektrischen Luftfilters zu erhöhen. Ich bin Allergiker und Asthmatiker.

Ich erhebe mich, öffne den Reißverschluss des Zeltes – ein Geräusch, das meine Nachbarn kennen müssten – und gehe in den Flur. Dort lege ich mein

Ohr an einen Türpfosten. Das rhythmische Atmen wird deutlicher. Die treiben es doch nicht etwa bei geöffneter Wohnungstür oder im Treppenhaus! Es scheint direkt von meiner Eingangstür zu kommen. Das machen die, um mich zu ärgern, weil Sylvia, seitdem wir hier eingezogen sind, nicht mehr so oft mit mir schlafen will. Dann beruhigt sich meine vom Lauschen überreizte Phantasie. So hechelt und schnüffelt nur ein Hund. Ich reiße die Wohnungstür auf und weiche zurück. Petermann, der Schäferhund des Rentners Karzek, sieht mich ausdruckslos an und setzt sich erwartungsvoll auf meine Fußmatte. Hundehaare sind neben vierzehn anderen Allergenen das Allerletzte, was ich gebrauchen kann, wenn ich, ohne zu niesen, zu husten oder die Krätze zu kriegen, über den Tag kommen will.

»Petermann, brav!«, befiehlt Karzek. Er ist noch eine Treppe tiefer. Petermann versteht nicht, weil er ein Hund mit wirklich sehr geringem Verstand und außerdem nie etwas anderes als brav gewesen ist. Karzek ist inzwischen bei mir im zweiten Stock angelangt, beugt sich herab, tätschelt seinen Hund und fragt, ob er mich mal was fragen dürfe. Aus seiner vorsichtigen Formulierung entnehme ich, dass er reinkommen möchte.

»Der Hund!«, sage ich und versuche, mit beiden Händen eine Art Atemschutzmaske vor meinem Gesicht zu bilden.

»Petermann, sitz!«, befiehlt Karzek dem sitzenden Hund und: »Schön warten!«

Ich führe den Rentner in meine Küche. Früher hätte ich Hunde- oder Katzenbesitzer nicht so nahe an mich herangelassen. Für einen hyperallergischen Menschen wie mich stellen selbst die Besitzer von Haustieren eine große Gefahr dar. Aber seit mich Sylvia therapiert, geht es mir besser. Ich bin nicht mehr so anfällig. Der Arzt, bei dem Sylvia arbeitet, meint, es könne auch am Alter liegen. Ich ginge ja stark auf die fünfzig zu, und da ließe die Sensibilität nach. Bei Heuschnupfen zum Beispiel sei das erwiesen.

Der Rentner räuspert sich und kratzt sich ausgiebig am Hals, als sei er der Allergiker und nicht ich.

»Ich hab da eine Frage«, sagt er, kratzt sich am Kopf (Vorsicht, das ist eine Perücke!) und zieht die Schultern hoch. »Ist Ihre Frau noch da?«

»Ist das Ihre Frage?« Ich will es kurz machen und biete ihm nichts an. Schließlich stehe ich noch im Nachthemd herum.

»Nein, nein«, lacht er. »Ich wollte nur wissen, ob noch jemand in der Wohnung ist.«

»Warum? Wollen Sie mich umbringen?« Ich habe keine Geduld mit ihm.

Er lacht. »Sie ist weg, nicht wahr? Schon zur Arbeit.«

»Das wissen Sie doch.«

»Ich frag ja nicht wegen mir, sondern wegen Neumanns.« Das sind seine Nachbarn im Erdgeschoss. Ein nettes, sehr ruhiges Ehepaar (»nett« definiert man hier auf dem Dulsberg: unauffällig, kaum regelmäßige Geräusche, dafür regelmäßiges Fensterputzen und zum Wochenende ein sauberes Auto vor der Tür), die Frau hat früher den Zeitungskiosk am U-Bahnhof betrieben. Vor einem Jahr haben sie den Laden verkauft und sich zur Ruhe gesetzt. Bei ihnen wohnt ihr Sohn Andreas. Schon neunundzwanzig und noch immer zu Hause. Ich habe nicht feststellen können, dass er irgendeiner regelmäßigen Arbeit nachgeht.

Ich mache einen Schritt zur Tür. »Tja, tut mir leid, Sylvia ist nicht mehr da. Was wollen die Neumanns von ihr?«

»Nee«, sagt Karzek gedehnt. »Die wollen was von Ihnen. Die brauchen Ihre Hilfe.«

»Meine Hilfe?«

»Ja, weil Sie doch Detektiv sind ...«

Ich hebe protestierend die Hände, und er korrigiert sich sogleich: »Ich meine, es mal waren oder so. Die Neumanns haben nämlich Schwierigkeiten. Und zur Polizei können sie nicht.«

»Was ist denn passiert?«

»Na ja, also, der Andreas ist entführt worden, und nun müssen sie dreihunderttausend Mark Lösegeld zahlen.«

»Was?«

»Ja ... Ich dachte, es ist vielleicht gut, wenn Sie den beiden mal als Detektiv gut zureden, damit die das nicht weiter hinauszögern, sondern endlich das Geld hergeben, bevor der Sohn tot ist. Ich meine, der steckt nämlich in einem Loch unter der Erde, irgendwo in einem Wald, ziemlich weit weg, und hat nur für fünf Tage Wasser, und die sind jetzt rum. Wissen Sie, der ist nämlich total mit grauem Klebeband gefesselt, und über ihm hängt so eine Wasserflasche aus Plastik mit einem gebogenen Schlauch wie in einem Käfig, in dem man Mäuse oder so hält, sodass er da gerade mit dem Mund rankommt. Und jetzt stirbt der, also verdurstet, wenn die nicht ganz schnell bezahlen.«

»Was erzählen Sie da?«

Karzek grinst. »Gehen Sie runter, und fragen Sie die Neumanns.«

»Wenn das wahr ist, sollen die die Polizei holen.«

»Nee, nee.« Er lacht. »Das können die nicht. Das würde der Entführer sofort mitkriegen, der wohnt nämlich hier im Haus.«

»Was?«

»Ja.«

»Was erzählen Sie da?«

»Der Entführer wohnt hier im Haus.«

»Dann wissen Sie, wer der Entführer ist?«

»Sicher.«

»Und wer ist es?«

»Ich«, sagt Karzek stolz und grinst. »Ich bin der Entführer.«

Wie man Menschen zerstückelt

Der Karzek muss total durchgedreht sein, abgedriftet in die phantastische Welt der Krimis, zu viel Fernsehen, gepaart mit der Langeweile des Rentnerdaseins. Ich stelle mir vor, wie er abends vor seinem

Fernseher sitzt und schrumpft, seine vier Bier trinkt, damit sich der Bauch bläht, und sich langsam von der Wirklichkeit verabschiedet. Bestimmt denkt er sich Horrorgeschichten aus, indem er die Programme durcheinandermischt, dabei wahrscheinlich seine graue Perücke abnimmt ... Oder er hat sich die Geschichte ausgedacht, um mich zu beeindrucken. Es ist seine Form der Kontaktaufnahme mit einem außerirdischen Wesen wie mir.

Nein, der Mann ist krank, krank, krank. Es ist die Idee eines verwirrten Geistes, sich selbst als Entführer auszugeben. Wie werde ich den wieder los? Wie kriege ich den Irren aus meiner Küche?

Karzek lächelt noch immer. »Sie glauben mir nicht, was?«

Vielleicht ist der Mann sogar gefährlich. Wie verhält man sich so einem Menschen gegenüber? Er sieht sich um. Sein Blick bleibt an der Sammlung scharfer Messer über dem Herd hängen. Was denkt er sich jetzt aus?

Vielleicht fällt ihm als Nächstes eine Geschichte ein, in der er nicht der Entführer, sondern gleich der Mörder ist.

»Doch, doch, ich glaube Ihnen, selbstverständlich. Ganz bestimmt.«

Einfach immer nur zustimmen.

»Nein, tun Sie nicht.« Sein Blick bleibt bei den Messern. »Ich denke, ich werde Ihnen einen Beweis bringen. Ich werde Andreas ein Ohr abschneiden. Ohren sind ja unverwechselbar, wie Fingerabdrücke.

Das ist überhaupt das Beste, dann werden die Neumanns zahlen.«

»Ja, sicher, tun Sie das. Das ist wirklich eine gute Idee. Hervorragend, ganz hervorragend.« Geisteskranken muss man zustimmen und sie langsam zur Tür bugsieren. Im Treppenhaus warten bestimmt schon die Pfleger mit der Zwangsjacke.

Er sieht mich stirnrunzelnd an, geht durch die Küche und lehnt sich an das Fensterbrett.

»Sie glauben mir nicht.« Es klingt bedrohlich. Er geht langsam durch die Küche. Ich weiche ihm aus.

»Sie glauben mir nicht.« Jetzt klingt es enttäuscht.

Ich beschließe, aus der Rolle zu fallen. »Und ich habe keine Lust, Sie glauben zu machen, ich würde Ihnen glauben.« Mutig greife ich nach seinem Arm, schiebe ihn zur Tür und öffne sie. Petermann sitzt noch immer auf der Matte und knurrt seinen Herrn an. Der tickt auch nicht richtig.

In diesem Moment öffnet sich über uns die Tür zur Dachgeschosswohnung. Der ehemalige Dreher und umgeschulte arbeitslose Bürogehilfe springt, trotz seines deprimierenden Daseins und seines kaputten Fußes, schwungvoll die Treppe hinunter. Er hat eine neue Lederjacke an. Ein silbernes Kichern folgt ihm Stufe für Stufe wie ein Gummiball. Karzek, Petermann und ich erstarren in der Bewegung. Jeder von uns will die Verursacherin des Kicherns sehen, und einer will sie sogar riechen. Als sie uns bemerkt, kneift sie spöttisch den Mund zusammen und reckt den Kopf etwas höher. Ich schätze sie auf Ende zwanzig, aber in ihrem rosafarbenen Jogginganzug wirkt sie jünger. Das Blond ihres Haars ist nicht echt. Dem Hund gefällt sie. Er wedelt heftig mit dem Schwanz, will ihr hinterher. Aber Karzek hat ihn fest am Halsband.

Als im Treppenhaus wieder Ruhe eingekehrt ist, wendet sich Karzek kopfschüttelnd zu mir, aber er sagt nichts. Eine halbe Treppe tiefer dreht er sich jedoch noch einmal um.

»Ich bringe Ihnen dann das Ohr«, sagt er.

»Warten Sie ruhig ein bisschen damit.« Vielleicht ist er ja wirklich ein gefährlicher Irrer, und ich rede mal mit seinen Nachbarn, ob wir ihn in die Psychiatrie einweisen lassen. Ich beuge mich über das Treppengeländer: »Ihre Geschichte hat übrigens zwei Fehler.« Schnell springe ich zurück, schließe die Tür und warte dahinter, bis ich das bekannte Hecheln höre, dann öffne ich. Petermann und Karzek stehen auf meiner Fußmatte. »Ich weiß«, sagt er, und der Hund nickt dazu. »Sie fragen sich, wie ich mit dem Geld entkommen will, wo doch jeder weiß, dass ich es war.«

Ich nicke. »Das ist richtig und zweitens: das Geld!«

»Ist da!«, sagt er triumphierend.

»Wieso? Woher?«

»Gehen Sie runter, fragen Sie die Neumanns. Ich hab das Sparbuch gesehen. Ist die Neumann ja ganz stolz drauf. Das zeigt sie jedem.«

»Und wie wollen Sie entkommen?«

»Sie werden verstehen, dass ich Ihnen das nicht sagen kann. Geschäftsgeheimnis.«

Er und Petermann ziehen mit erhobenen Nasen davon.

Ich glaube es nicht. Nichts davon.

Ich will endlich unter die Dusche gehen, da klingelt es an der Tür. Ich komme heute aus dem Nachthemd nicht mehr raus.

Atemlos, mit rotem Gesicht steht die asthmatische Witwe Weser aus dem ersten Stock vor meiner Tür. Sie hat so wenig Luft, dass sie noch eine Weile braucht, bis sie sprechen kann.

»Woran fehlt's?«, frage ich. Sie versucht vergebens, tief Luft zu holen. Ich kenne das und habe Geduld.

»Broncho-Spray«, röchelt sie schließlich. »Hab nicht gemerkt, dass es alle ist.«

»Wieder geraucht, was?«

Ich gehe ins Bad und bringe ihr mein Spray. »Es ist Brycanyl. Broncho hab ich nicht.«

Sie nickt.

»Können Sie behalten, hab noch mehr davon.«

Sie geht nicht, sondern benutzt es gleich, hebt den Kopf und sprüht es sich in die Luftröhre. Es geht ihr überraschend schnell besser.

Vielleicht war die Bitte nur ein Vorwand. Gegenüber öffnet sich die Tür. Gönül schickt ihre Tochter zur Schule. Wir grüßen freundlich und warten, bis sie weg ist.

»Was wollte denn der Karzek?«, fragt Frau Weser mit gedämpfter Stimme.

»Gelauscht?«

»Sie wissen doch, wie hellhörig es ist.«

»Und Sie wohnen über ihm. Sie müssten mehr wissen als ich.«

»Er hat den ganzen Tag den Fernseher an. Da hört man nicht viel. Aber letzte Woche hatte er jeden Abend Besuch. Ein Mann. Jetzt Sie!«

»Er hat sich was ausgedacht. Einen Krimi. Er spinnt. Zu viel Fernsehen, Sie sagen es.«

»Und was war da oben los?« Sie zeigt in Richtung Dachwohnung.

»Tja, das überrascht mich auch.«

»Woher hat der denn das Geld?«

»Welches Geld?«

»Na, das war doch so eine.«

»Wie kommen Sie darauf?«

»Ich bin alt, aber nicht vom anderen Stern.« Sie dreht sich um, geht, nimmt mein Aerosol mit. »Ich bringe es Ihnen zurück.«

»Nicht nötig.«

Endlich stehe ich im Bad und reguliere die Wassertemperatur, doch bevor ich unter die Dusche steigen kann, klingelt es erneut. Ich komme heute wirklich nicht aus dem Nachthemd heraus. Frau Neumann steht im dunkelblauen Mantel vor der Tür. Sie hat die Form einer Pflaume. Ihr ratloses Gesicht mit den faltigen Augen und dem entsetzten Blick wird von einem schmalen silbernen Pelzkragen eingerahmt.

Die braune Einkaufstasche baumelt hilflos an ihrer Hand. Ich ahne es schon: Alles, was Karzek erzählt hat, stimmt. Natürlich gehe ich gleich nach dem Frühstück zu den beiden herunter.

Gefangener eines Wohnzimmers

Als ich die Treppe mit der Mülltüte in der Hand hinuntergehe, kommt mir Günter Köster entgegen. Er sieht mich und drückt sich erschrocken in eine Ecke, obwohl er mit zwei großen Rollen Dämmstoff beladen ist. Ich gehe rückwärts und fordere ihn auf, erst einmal heraufzukommen. »Beladen hat Vorfahrt!«

Er wird rot, schlägt die Augen nieder und huscht bis vor seine Wohnungstür. Ich erspare es ihm, nach dem Sinn der Rollen zu fragen. In fast jeder Mietergemeinschaft gibt es Menschen, die bis zur Selbstaufgabe auf andere Rücksicht nehmen. Sie versuchen, den Eindruck zu erwecken, als gäbe es sie gar nicht, als wären sie Luft. Sie schleichen geduckt an einem vorbei, ihr Gruß ist ein leises Murmeln. Sie wollen keine Umstände machen. Sie sehen einem niemals in die Augen. Bevor sie die Wohnung verlassen, warten sie hinter der Tür, bis niemand mehr im Treppenhaus ist. Bei Günter Köster kommt hinzu, dass er schwul ist und das verbergen will. Dabei teilt er sich mit seinem Freund Wolfgang Flint die Wohnung im ersten Stock, und der ist das Gegenteil von ihm. Er erzählt jedem von seiner Homosexualität. Genau genommen hat er gar kein anderes Thema.

Seit Tagen tragen die beiden Gipskartons, Leisten und Holz in ihre Wohnung. Am Wochenende wurde zwei Stunden und elf Minuten gesägt und gehämmert. Zuerst habe ich gedacht, sie bauen einen Schrank oder basteln sich eine Einbauküche. Aber was soll jetzt die Steinwolle? Vielleicht haben sie sich getrennt und ziehen Zwischenwände ein? Ich kann mir nicht vorstellen, wie man eine so kleine Wohnung mit zwei ganzen und zwei halben Zimmern und einem schmalen Flur, in dem zwei Menschen nicht aneinander vorbeikommen, teilen könnte. Aber bei Trennungen kommt es ja zu den absurdesten Reaktionen. Ich bringe meinen Abfall in den Keller und kontrolliere alle vier Mülltonnen. Zwischen Kaffeesatz und Kohlblättern blinkt eine zerbrochene Gabel. Versuchen die beiden Schwulen schon das Besteck zu teilen? In der Wertstofftonne liegt eine große Plastiktüte von »Leder-Weich« am Gänsemarkt. Mal sehen, ob ich Glück habe?

Tatsächlich, die Kassenquittung liegt noch darin. Eintausendzweihundert Mark für Modell »Björk«! Was ist das? Die neue Lederjacke des Arbeitslosen über mir? Wieso kann der sich die leisten? Ich hebe die Tüte hoch, darunter liegen Plastikflaschen und eine leere Dose Katzenfutter. Niemand im Haus hat eine Katze! Der Rest ist unverdächtig. Auf der Kellertreppe wirft mich die Druckwelle eines Niesanfalls zurück. Hat sich doch jemand eine Katze zugelegt?

Aber eine allergische Reaktion habe ich oft hier unten. In den Kellern werden Polstermöbel und andere für mich gefährliche Stoffe jahrzehntelang aufbewahrt, und alle Räume haben nur einen luftdurchlässigen Lattenrost als Tür – manchmal als Sichtschutz mit Wellpappe benagelt.

Schniefend und mit einer Erdbeernase stehe ich schließlich vor Neumanns Tür. Sie wird sofort geöffnet. Als Asthmatiker muss man nicht klingeln. Alle hören einen kommen. Herr Neumann streckt mir ein Taschentuch entgegen. Ich nehme es dankend an. Er führt mich zur Wohnzimmertür. Es riecht nach Kaffee und Möbelpolitur. Den Raum kann man nur hintereinander betreten. Er ist vollgestopft mit deutscher Eiche. Ich gehe seitwärts zwischen dem großen Tisch mit eingelegtem Kachelteil und der Schrankwand, in der sich hinter verschlossenen Türen auch der Fernseher befindet, bis zum Fenster. Jetzt gilt es, eine schwierige Slalomstrecke zu meistern, weil ein eichener Blumenständer, ein kleiner eichener Rolltisch mit Telefon (im Brokatüberzug) sowie ein Zeitschriftenständer (aus Messing mit Eichenfüßen) und eine hohe Stehlampe (handgedrechselte Eichensäule) mit ausladendem Schirm, den Weg versperren.

Herr Neumann, immer dicht hinter mir, kommt mir zu Hilfe, indem er nach dem Lampenschirm greift, den ich mit der Schulter in heftige Schaukelbewegungen versetzt habe. Dadurch erreiche ich die engste Stelle mit null Fehlern. Von früheren Besuchen weiß ich, dass man den Engpass zwischen der vorstehenden breiten Armlehne des Sofas und der Tischkante nur überwinden kann, indem man ein wenig in die Knie geht. Ich schaffe es elegant, ohne mich an der Tischkante festhalten zu müssen.

Andersherum zu gehen, den Weg zwischen Anrichte, Sessel und Tisch zu nehmen, gelingt Fremden überhaupt nicht. Der Sessel ist das Haupthindernis. Er ist so schwer, dass er sich nicht bewegen lässt. Nur weil er etwas schräg zum Tisch steht, kann man sich überhaupt hineinsetzen. Auch hinter ihm kommt ein ungeübter Mensch nicht vorbei, ohne die gestickte Decke von der Anrichte zu reißen – mitsamt den beiden Vasen und dem Schäferhund aus Porzellan.

Schließlich sitze ich, muss aber noch durchrutschen, weil Herr Neumann mir folgt. Seine Frau schiebt Tassen über die Kachelfläche des Tisches, gießt mir Kaffee ein und lässt sich dann stöhnend in den Sessel fallen.

»Ach, Herr Bartzsch, wir wissen doch, dass wir in unserem Andreas ein Sorgenkind haben.«

Ich schnuppere an dem Kaffee. Welch köstlicher Duft! Wenn ich den trinke, kriege ich bestimmt Durchfall. Kriege ich immer.

»Wie meinen Sie das?« Sorgenkind klingt, als wäre ihr Andreas behindert.

»Stimmt was mit dem Kaffee nicht?« Sie erhebt sich leicht, versucht in meine Tasse zu gucken.

»Doch, es ist alles in Ordnung. Ich reagiere nur manchmal allergisch darauf.«

»Vielleicht ein Schnäpschen dazu?«, schlägt Herr Neumann vor, wartet meine Antwort nicht ab, sondern drückt auf einen Hebel am Tisch. In dessen Mitte bewegt sich ein Teil der Kacheln zur Seite, und eine kleine elektrisch betriebene Bar fährt nach oben. Jetzt begreife ich, weshalb der Tisch ein solches Monstrum ist. Trotz meines Protestes schenkt mir Herr Neumann einen Cognac ein. Ich werde ihn nicht trinken, ich finde, das Zeug schmeckt wie Seife.

»Wissen Sie«, sagt der Mann und hebt sein Glas, »im Grunde sind wir froh, dass Andreas weg ist.«

»Sie wollen ihn gar nicht zurückhaben?«

»Das kannst du nicht sagen, Herbert«, protestiert seine Frau. »Nur weil er noch bei uns lebt …«

»Gertrud! Er arbeitet nicht, lebt auf unsere Kosten und hängt jeden Abend im Spielsalon und in der Kneipe herum. Wie viel Geld steckst du ihm täglich zu? Sei doch mal ehrlich.«

»Er ist doch aber unser Sohn.«

»Gertrud, er ist jetzt neunundzwanzig Jahre alt!«

»Manche brauchen die Nestwärme eben etwas länger.«

»Nestwärme!« Herbert Neumann lacht und wendet sich mir zu. »Wissen Sie, was unser Herr Sohn gemacht hat?«

»Wehe, du erzählst das!«

»Der Herr Bartzsch soll ruhig alles wissen.«

»Nein!«

»Doch!«

»Ich bitte dich ...«

»Jahrelang hat er es gemacht. Wissen Sie, meine Frau kocht einmal im Monat eine wunderbare kräftige Gemüsesuppe, so mit Rindfleisch und ...«

»Herbert!«

»Und da erwische ich doch einmal meinen Herrn Sohn, wie er in der Küche steht und in den Suppentopf ...«

»Nein, Herbert!« Frau Neumann schlägt die Hände vors Gesicht.

»Er pinkelt in den Suppentopf. Jawohl! Ich gebe ihm eine Ohrfeige, dass er durch die Küche fliegt, und er gesteht, dass er es seit Jahren macht. Verdammte Schweinerei!« Er schlägt mit der Faust auf den Tisch, dass die Gläser in der Bar klirren. Frau Neumann scheint hinter ihren Händen vollständig verschwinden zu wollen und zieht die Nase hoch.

»Aber das ist noch nicht alles!«, fährt er fort.

»Nein, nicht. Hör auf!«, jammert seine Frau.

»Doch, jetzt muss mal reiner Tisch gemacht werden. Das Schlimmste kommt noch. Das Schlimmste ist, dieser Kerl hat die Suppe regelmäßig mit uns gegessen. Verstehen Sie das? Ich nicht. Und diese perverse Sau ist unser Sohn. Das muss man sich mal vorstellen. Und jetzt sagen Sie mal was!«

»Ich vermute, ich gehe recht in der Annahme, wenn ich vermute«, beginne ich umständlich, benetze meine Unterlippe mit etwas Cognac, und schon muss ich mich schütteln. Dann setze ich etwas gradliniger an: »Wenn ich Sie recht verstehe, ist Ihnen Ihr Sohn keine dreihunderttausend wert.«

Stürzt das Haus ein?

Ich bekomme Andreas' Siegelring zu sehen, den Karzek als Beweis der Entführung zusammen mit der Lösegeldforderung überbracht hat. Ihr Sparbuch mit den dreihunderttausend will mir Gertrud Neumann auch gern zeigen, aber einen Blick in das Zimmer ihres Sohnes verweigert sie mir mit entsetztem Aufschrei. Es muss also noch schlimmer sein, als in die Gemüsesuppe zu pinkeln. Ich flüchte mich für einen Moment in betretenes Schweigen und nehme einen neuen Anlauf mit dem Argument, dass der Charakter des Entführten oft auf den Entführer schließen lässt und ich deshalb das Zimmer sehen muss.

Es zieht nicht, denn Herbert Neumann antwortet schlagfertig, dass der Entführer ja bereits bekannt sei. In meinem Geist sehe ich Andreas' Zimmer vor mir, vollgestellt mit Suppentöpfen, die er als Zielscheiben genutzt hat.

»Gut«, sage ich, »dann überlassen wir die Sache der Polizei.«

»Sie wollen das Zimmer polizeilich durchsuchen lassen?« Frau Neumann sieht verunsichert ihren Mann an.

»Die ganze Entführung«, sage ich.

»Das haben wir doch alles schon durchgespielt.« Herbert Neumann erhebt sich und zwängt sich zum Ausgang des Wohnzimmers. »Wenn wir denen erzählen, unser Nachbar hätte unseren Sohn entführt, halten die uns für bekloppt. Und selbst wenn sie Karzek befragen, bestätigt der doch nur, dass wir bekloppt sind.« Er bleibt an der Tür stehen und winkt mir. »Ich zeige Ihnen den Grund, warum wir die Polizei nicht holen können.«

»Herbert!« Seine Frau will aufspringen.

»Wir dürfen keine Geheimnisse vor ihm haben, sieh es ein«, versucht er sie zu beruhigen.

»So eine Schande«, murmelt sie.

Die Schande ist dreifach. Erstens stapeln sich in Andreas' Zimmer gleich mehrere originalverpackte und wahrscheinlich geklaute Stereoanlagen. Zweitens sind die beiden halben Zimmer durch einen nicht genehmigten Mauerdurchbruch verbunden, der nicht einmal mit Hilfe eines Eisenträgers abgefangen wurde (irgendwann stürzt das Haus ein!). Drittens sind die Zimmer kaum zu betreten, weil überall Papier-, Zeitschriften- und Müllberge den Boden bedecken. Der Sohn scheint einer jener Menschen zu sein, die alles sammeln.

»Ich durfte ja nicht saubermachen«, jammert Gertrud Neumann. »Er hat es nicht erlaubt. Er drehte richtig durch, wenn ich es versuchte.«

Einer der wenigen freien Plätze ist ein Sofa, auf dem er wohl geschlafen hat. Ich drehe auf einem

Stapel die oberste Zeitschrift herum – ein Schwulenmagazin.

»Oh«, sage ich.

»Nein, nein, er ist nicht ...«, beantwortet Herbert Neumann meine ungestellte Frage. »Er ist normal. Das Heft hat er von denen da oben.« Er zeigt mit dem Daumen Richtung Zimmerdecke. »Er hat versucht, denen eine dieser Stereoanlagen zu verkaufen, und sie haben ihm das Heft mitgegeben.«

»Zwei Missionare. Habe ich denen gar nicht zugetraut.«

Hätten die beiden da oben sehen können, welche Unmenge an Postern mit nackten Frauen über Andreas' Sofa hängt, hätten sie sich das Geschenk gespart.

»Hat er eine Freundin?«

»Ich weiß nicht. Ich glaube nicht.«

Ich steige über einen Zeitschriftenstapel hinweg, öffne einen Karton. Eine Druckluftpistole liegt darin und eine aufblasbare Sexpuppe. An der Wand, rechts vom Durchgang zum zweiten Zimmer, hängt, mit einer Reißzwecke befestigt, ein Foto. Andreas ist darauf zu sehen mit einem großen Glas Bier. Er prostet dem Fotografen zu.

»Das ist auf Mallorca«, sagt sein Vater hinter mir. »Wir fahren jedes Jahr ins gleiche Hotel.«

Das Foto zeigt Andreas, wie auch ich ihn kenne: längliches Gesicht mit Dreitagebart, eine zu klein geratene Stupsnase, lockiges dunkles Haar, das an der Stirn streichholzkurz ist und nach hinten immer länger wird, bis es über dem Nacken in einer schwungvollen Außenrolle endet. An einem Ohrläppchen sieht man einen kleinen fünfzackigen Stern.

»Kann ich das Foto haben?«

»Klar.«

Im zweiten Zimmer ein Fernseher mit Videorecorder. Ein dünner Mantel liegt darüber. Ich greife in seine Taschen. Ein Hustenbonbon, eine Taxiquittung, ein Geldstück, ein Dichtungsring und die Visitenkarte der Hausmakler Brunke und Willmer. In der Innentasche eine kleine Ledermappe mit dem Foto eines Schäferhundes, dahinter Personalausweis, Führerschein und die Karte seines Kontos bei der Sparkasse.

Ich lasse den Mantel zurückfallen und inspiziere die Gegenstände auf dem Wandregal. Ein Muschelkasten, Inhalt: Präservative. Eine Videosammlung von Karate-Kid bis Karate-Aliens. Ein Krummdolch mit perlenbestickter Scheide. Ein paar Quittungen aus der Gastwirtschaft »Bei Walter und Erika«, darunter ein vollständiger, unbenutzter Quittungsblock. Im zweiten Stock des Regals sechs unterschiedliche Bierflaschen in einem Verkaufskarton mit der Aufschrift »Biere aus aller Welt«, daneben stapeln sich aus einer Zeitung ausgeschnittene Streifen mit einem Comic. Als Stütze dient ein Plastikwecker in der Form eines Hahnes.

Ich drehe mich um, steige über zwei abgewetzte Kartons voller alter Pullover und T-Shirts zum Kleiderschrank und rutsche fast auf den Verpackungen eines Schnellrestaurants aus.

»Was machen Sie da?«, ruft Herr Neumann besorgt.

»Ich will nur noch in den Schrank schauen.«

»Tun Sie das lieber nicht.«

Ich öffne die rechte Tür, zwei Jacketts, darunter alte Schuhe und Plastiktüten mit Unterwäsche. Ich öffne die linke Tür und zucke zurück. Alles ist mit Schimmel überzogen. Auf den Einlegeböden liegen verschiedene Lebensmittel, vor allem Joghurt. Einige Becher müssen schon vor langer Zeit geplatzt sein und die Schweinerei verursacht haben.

Ich halte die Luft an und stolpere auf den Flur zurück. »Sie sollten die Räume einfach zumauern.«

Frau Neumann beginnt jammernd zu begründen, warum sie nichts dagegen machen könne, wird aber von der Türklingel unterbrochen.

Im Treppenhaus steht Karzek. In der offenen Wohnungstür hinter ihm kauert Petermann mit gesträubtem Fell, zum Sprung auf einen vermeintlichen Feind bereit. Karzek schlägt die Hacken zusammen und streckt seinen Arm wie zum Hitlergruß aus. An seiner Hand hängt eine durchsichtige Plastiktüte.

»Ich habe ihm die Haare abgeschnitten. Erst mal. Als Lebenszeichen. Sie sollten wirklich zahlen. Denn als Nächstes schneide ich ihm die Ohren ab.«

Er drückt Frau Neumann die Tüte in die Hand, dreht auf dem Absatz um und verschwindet in seiner Wohnung.

Gertrud Neumann betrachtet in der offenen

Tür entsetzt die Haare. Sie sind so gelockt wie auf dem Foto. »Da, da, da«, sagt sie plötzlich mit einem Schluchzer und zeigt auf den Boden der Tüte. »Sein Ohrring.«

Karzek muss hinter seiner Wohnungstür auf diese Entdeckung gewartet haben, denn er kommt sogleich grinsend heraus. »Gut, was?«, freut er sich und reibt sich die Hände.

Hund im Garten der Liebe

Ich presse das Ohr gegen einen Türpfosten in meiner Küche und lausche. Ich habe einige Übung darin, die unterschiedlichsten Geräusche herauszuhören und sie den verschiedenen Stockwerken zuzuordnen. Die Musik, eine Opernarie, muss von ganz unten, also von Karzek, kommen (er hat alles von der Callas). Das gleichmäßige Rauschen ist Witwe Wesers Geschirrspülmaschine (was für eine Verschwendung in einem Ein-Personen-Haushalt!). Plötzlich irritiert mich das Jaulen einer Bohrmaschine. Irgendwo wird ein Loch in eine Wand gebohrt. Wo kommt das her? Von der anderen Seite. Von den Neumanns oder den Schwulen? Die Türken können es nicht sein, das weiß ich genau. Und überhaupt: Es ist kurz vor dreizehn Uhr. Darf man um diese Zeit noch bohren? Doch schon ist der Lärm vorbei und wird durch einen asthmatischen Hustenanfall der alten Frau Weser ersetzt. Hat sie sich beim Mittagessen verschluckt? Was mache ich, wenn sie einen Erstickungsanfall hat? Soll ich runtergehen und die Tür aufbrechen? Das Rauschen der Geschirrspülmaschine verebbt und gleich darauf auch das Husten, der Bohrer heult noch einmal kurz auf. Zu kurz, um ihn zu orten. Über mir fällt ein Teller herunter, geht aber nicht kaputt. Der Arbeitslose ist also auch schon wieder zurück. Ob er die Frau noch bei sich hat? Wahrscheinlich nicht, sonst würden die beiden doch miteinander reden, wenn etwas herunterfällt.

Jetzt klappt unten die Haustür, jemand kommt ziemlich schnell das Treppenhaus herauf. Ich kenne diesen Schritt und das Geräusch der derben Wanderschuhe auf den schwarz-weiß gesprenkelten Steintreppen. Es ist Sylvia. Sie hat Pause. Doktor Zellmann schließt seine Praxis mittags für drei Stunden.

Sie hat eine Plastiktüte mit einem chinesischen Schriftzeichen dabei – und natürlich dieses Lächeln, das die hellblauen Augen kaum kleiner macht und für das ich sie nach der langen Zeit immer noch liebe, obwohl sie sonst ein unscheinbares und eher maskulines Wesen ist. (Doch, das ist eine Liebeserklärung!) Ich gebe ihr einen Kuss und würde mich gern noch ein bisschen länger an ihr aufhalten. Aber sie knurrt, sie habe Hunger, entzieht sich mir und bereitet das Mittagessen vor.

Beim Tischdecken versuche ich möglichst keine Geräusche zu machen, um andere Lauscher im Haus zu verunsichern.

»Was schleichst du so herum? Ist irgendetwas?«

»Allerdings. Wir leben gefährlich. Dieses Haus ist ein Pulverfass.«

»Bartzsch, du hast versprochen, du hörst auf mit dem Detektivspielen.«

»Ich kann wirklich nichts dafür, aber ...«

Sprachlos hört Sylvia meinen Bericht über die kriminellen Vorgänge im Haus. Sie vergisst sogar, die süßsaure Suppe zu essen, die sie sich vom Asia-Schnellimbiss für ihre Mittagspause mitgebracht hat. Für mich gibt's Reis und Erbsen ohne jedes Gewürz. In einer wochenlangen Eliminationsdiät (dabei isst man immer nur eine Sache und wartet, ob etwas passiert) haben wir herausgefunden, dass beides zu den Lebensmitteln gehört, auf die ich nicht allergisch reagiere. Ich bin am Ende meiner Geschichte und habe nichts ausgelassen, außer meinen Zweifeln an der Entführung. Sylvia schweigt, dann lacht sie.

»Du glaubst es nicht«, lächle ich zurück.

»Das ist alles Unsinn. Karzek als Entführer! Der Mann hat erhebliche Herzrhythmusstörungen, Bluthochdruck, Arthritis und ein Magengeschwür, wenn der ...«

»Gilt ärztliche Schweigepflicht nicht auch für Praxisangestellte?«

Sie stößt die Luft aus. »Der sitzt jede Woche bei uns im Wartezimmer. Und diesen Andreas kann ich auch nicht leiden. So ein geiler Bock ...«

»Wieso?«

»Na, wie der mich immer anguckt. Mich! Ich bitte dich, ich bin das Gegenteil einer Sexbombe.«

»Vielleicht ahnt er, was ich weiß.«

»Was meinst du damit?«

»Komm ins Bett.«

»Ach, du ... du willst wirklich!«

Ich nicke, es ist neuerdings wirklich toll mit ihr in der Mittagspause. Sie kommt etwas näher und senkt ein wenig die Stimme. »Weißt du, dass ich es am liebsten tagsüber mache, weil ich denke, dann hört man es nicht so. Abends, wenn es still ist ... in diesem Haus hört man einfach alles. Irgendwie ist mir das peinlich. Verstehst du?«

Ich stehe vom Tisch auf. »Na los.«

Sie schüttelt den Kopf. »So nicht. Außerdem will ich erst wissen, was du in diesem seltsamen Fall unternehmen willst. Ich würde für diesen Andreas übrigens keine dreihunderttausend zahlen. Weißt du, dass er mir einmal, als ich unten am Hausbriefkasten stand und er sich hinter mir vorbeizwängte, kurz in den Schritt gefasst hat? Ich war so überrascht, dass ich gar nicht reagieren konnte. Das war so geschickt und schnell gemacht, als hätte er viel Übung darin.«

»Damit ist klar, was ich tun werde: nichts! Soll er doch in seinem Erdloch vermodern.«

»Genau das hätte ich auch empfohlen. Die ganze Entführung wird sich in Luft auflösen.«

Ich stelle mich hinter ihren Stuhl, greife unter ihrem kurzen Pfirsichhaar nach ihren Marzipanohren, beuge mich über sie, küsse sie auf die weiße Fliederstirn und arbeite mich über die Blaubeeraugen bis zu ihrer Kirschnasenspitze vor. Es wirkt. Sie brummt und schlingt die Arme um meinen Kopf. So fängt es immer an.

In diesem Moment wird eine Wohnungstür so hart zugeschlagen, dass der Boden unter unseren Füßen erzittert. Jemand flucht im Treppenhaus, dann klappt die Haustür. Wir sind mit einem Sprung am vorderen Fenster. Es ist Karzek, der eilig das Haus verlässt.

Sylvia sieht mich an. »Du musst ihm nach«, sagt sie und schüttelt bedauernd den Kopf.

»Nein«, sage ich, denn ich möchte das Spiel fortsetzen, das wir beide gerade begonnen haben.

»Doch«, sagt sie. »Wir sind doch wohl beide der Meinung, dass er nicht selbst der Entführer ist, sondern nur ein Mittelsmann, und dass er Helfer hat.«

Sie hat recht. Ich setze einen traurigen Hundeblick auf. Ich würde so gern zurück in den Obstgarten, aber Sylvia ist eine harte Frau.

»Lauf«, sagt sie. »Such!«

Ein überflüssiges Kapitel

»Hallo, Herr Bartzsch, geht es Ihnen gut?«

»Danke, ja.« Vorbei an meiner türkischen Nachbarin, die vom Putzen zurückkommt. Mit vier Sprüngen bin ich im ersten Stock.

»Gucken Sie sich das an! Was machen die bloß?« Witwe Weser schüttelt den Kopf über die Spanplatten, die neben der Wohnungstür von Günter und Wolfgang, den beiden Schwulen, an der Wand lehnen.

»Tja. Frag ich mich auch.« Vorbei an Witwe Weser, mit vier Sprüngen ins Erdgeschoss.

»Tag.«

»Tag.« Vorbei an dem Arbeitslosen, der mit zwei dicken Einkaufstüten die Treppe heraufkommt. Mit zwei Sprüngen an der Haustür. Ich sehe Karzek gerade noch oben, am Ende der Straße, in den Dulsbergpark einbiegen. »Dürfen wir Ihnen noch einen schönen Tag wünschen?« Zwei ältere Frauen mit identischen grauen Locken und identischem gütigem Lächeln versperren mir den Weg. Eine greift in ihre Tasche. »Dürfen wir Ihnen noch etwas mit auf den Weg geben?« Sie hält mir einen Prospekt hin, dessen Titelseite fordert, dass alle Menschen einander lieben sollen.

»Im Augenblick kommt mir das etwas ungelegen.«

Ich lasse die beiden stehen und hetze zum Park hinauf. Von Karzek ist nichts zu sehen. Er muss also den Park durchquert haben. Doch auch die Straße auf der anderen Seite ist leer bis auf ein paar Kinder. Es hat keinen Sinn, sein Vorsprung ist zu groß. Wer weiß, wo er hinwollte? Ich kann jetzt nur auf gut Glück zum Straßburger Platz gehen. Vielleicht wollte er nur einkaufen? Ich erinnere mich, ihn einmal beim Schuster getroffen zu haben. Vielleicht ist der hohe Verschleiß an Schuhsohlen ein Indiz – für was? Den Schuster gibt es gar nicht mehr. Ich hab ihn mal aus dem Zeitschriften- und Tabakladen kommen sehen. Seine Zeitung bekommt er aber im Abo, und rauchen tut er auch nicht. Vielleicht ist der Zeitschriftenhändler sein Komplize? Die kleineren Geschäfte machen jetzt allerdings Mittagspause. Da kann er nicht sein.

Bei der Sparkasse bin ich ihm mehrmals begegnet. Wahrscheinlich ist er völlig verschuldet und braucht dringend Geld. Deshalb die Entführung. Nein, der plant zusätzlich einen Überfall. Die Sparkasse ist auch geschlossen. Vielleicht hat er sich mit einschließen lassen?

Auch der Fischladen ist in der Mittagszeit geschlossen. Nur der Supermarkt hat geöffnet.

Karzek, kommen Sie mit erhobenen Händen heraus. Es hat doch keinen Sinn. Lassen Sie die Geiseln frei und legen Sie die Waffe nieder. Es ist Ihre einzige Chance.

Die ersten Milchtüten durchschlagen die Schaufensterscheiben. Passanten werfen sich schreiend zu Boden.

Karzek, der Laden ist umstellt. Sie haben keine Chance.

»Hier bin ich!«

Ich fahre erschrocken herum. Karzek steht neben mir und tippt mir auf die Schulter. »Na, Sie haben mich doch verfolgt, nicht wahr?«

»Wie kommen Sie darauf?«

»Hören Sie mal, ich renne mit lautem Krach aus

dem Haus, da muss ein Detektiv doch hinterher.« Er lacht laut. »Aber ich bin Ihnen entwischt.« Er lacht noch lauter. »Ein schöner Detektiv sind Sie!«

Er hört überhaupt nicht wieder auf zu lachen. Und seltsam, er riecht ein bisschen nach Fisch.

Ich mache Sie darauf aufmerksam, dass ich jeden Moment tot umfallen kann

»Hörst du das?«

»Ja.«

»Was ist das?«

»Keine Ahnung.«

Wir sind beide früh wach geworden und liegen still in unserem Bett. Irgendwo tickt etwas. Ob es der Wecker von Frau Weser ist? In allen Wohnungen ist es ruhig, nur bei den Türken rührt sich was. Erdal Demirci muss oft früh raus. Er ist Schichtarbeiter bei der Post.

Das Ticken ist plötzlich weg.

Über uns knarrt der Fußboden. Der Arbeitslose steht doch nicht etwa schon auf. Aber es folgen keine weiteren Geräusche.

Ein Klo rauscht. Weit weg.

Wir warten auf Schritte. Es kommen keine. Es muss wirklich weit weg sein. Auf der anderen Seite des Hauses.

»Was bauen eigentlich die Schwulen?«, flüstert Sylvia.

»Ich habe nicht die geringste Vorstellung, was die mit so viel Holz machen.«

»Sagtest du nicht, Andreas habe Kontakt zu ihnen gehabt?«

»Du meinst, sie bauen einen Sarg?«

Sylvia lacht in ihre Kissen. Bei den Nachbarn klappt die Tür. Erdal Demirci verlässt die Wohnung.

»Pst!«

»Was ist?«

Sie lauscht. »Erdal ist im Treppenhaus stehen geblieben.«

»Ja, ich weiß. Seine Frau gibt ihm immer die Wasserkanne mit, damit er die Pflanzen auf der Fensterbank im ersten Stock gießt.«

»Ich denke, das machst du.«

»Ich hab das mit Gönül so abgesprochen, nachdem ich es ein paar Mal vergessen hatte. Ich habe ihr übrigens unseren Wohnungsschlüssel gegeben. Falls du deinen mal verlierst oder so.« Ich will das peinliche Ereignis nicht erwähnen, als ich mich vor zwei Wochen ausgeschlossen hatte, den Notdienst anrufen und dafür unverschämt viel Geld bezahlen musste. »Weißt du, die Türken sind die Einzigen, zu denen ich hier im Haus volles Vertrauen habe.«

Sylvia schwenkt die Beine aus dem Bett und setzt sich auf den Rand. »Du hast recht, sie sind die Einzigen, die richtig normal sind.«

Sie geht ins Bad, kommt jedoch unerwartet schnell und auffallend nachdenklich zurück. »Sag mal,

Bartzsch, meinst du nicht, dass alle Nachbarn sich gegenseitig für Notfälle ihren Schlüssel geben?«

»Was willst du damit sagen?«

»Ich frage mich, ob Neumanns einen Schlüssel von Karzek haben.«

»Du bist verrückt. Bestimmt nicht. Und wenn, dann kann ich doch nicht einfach ... der Hund ... und ...«

»Besondere Umstände rechtfertigen besondere Taten.« Sie ist schon wieder im Bad, lässt das Wasser laufen. Ich steige aus dem Bett und folge ihr.

»Wer wollte eigentlich, dass ich mit dem Detektivspielen aufhöre?«

Sie schließt die Tür ab.

»He, was machst du?«

»Mach Frühstück!«

»Ich will eine Antwort auf meine Frage«, maule ich vor der Badezimmertür. Sie lässt das Wasser rauschen. Ich bekomme keine Antwort. In der Küche hole ich zwei Brötchen aus dem Tiefkühlfach, taue sie im Backofen auf und koche Tee und für Sylvia auch ein Ei. Ich darf so etwas nicht zu mir nehmen. Achtzig Prozent des Inhaltes unseres Kühlschranks sind für mich verboten. Allergene! Wir frühstücken lange. Sylvia erzählt von den Problemen in Doktor Zellmanns Praxis. Seit der Gesundheitsreform sinkt sein Umsatz kontinuierlich. Die zweite Arzthelferin soll jetzt entlassen werden. Und Sylvia gegenüber hat er bereits Andeutungen gemacht, dass er ihr Gehalt eigentlich kürzen müsste.

Plötzlich schreckt Sylvia hoch. Über unsere Diskussion haben wir die Zeit vergessen. Sie wird sich beeilen müssen, um die Praxis rechtzeitig zu erreichen. Sie flucht, wirft sich die Jacke über, sucht ihren Schlüssel, ein Schuhband ist noch auf, sie tritt darauf, es reißt ab. Sie bückt sich, flickt das Band mit nervösen Fingern, kommt mit rotem Gesicht wieder hoch, reißt die Wohnungstür auf und stößt einen Schrei aus. Karzek steht steif und stumm auf der Fußmatte. Hat er uns belauscht? Sylvia greift ihn wütend am Arm, zieht ihn in die Wohnung.

»Sie kommen mir gerade recht!«

Sie schiebt ihn in die Küche, klammert von hinten seine Arme zusammen. »Los, durchsuch seine Taschen!«, zischt sie.

»Sylvia, bist du verrückt! Hör auf! Was machst du?« Ich will sie beruhigen. Karzek kriegt den Mund nicht mehr zu, wehrt sich nicht. Dann fasst er sich.

»Ich mache Sie darauf aufmerksam, dass ich herzkrank bin und jeden Moment tot umfallen kann. Das wäre Mord.«

Sylvia ist wütend wie noch nie. »Dieses Schwein sitzt wahrscheinlich die ganze Nacht auf unserer Fußmatte, um uns zu belauschen. Durchsuch ihn!«

»Ich wollte gerade klingeln«, rechtfertigt sich Karzek.

»Und was wollten Sie?«, frage ich. Sylvia hält ihn immer noch fest.

»Ich hatte eine Nachfrage wegen der Zahlungsfähigkeit in einer gewissen Angelegenheit.«

»Es gibt keine Veränderung.«

Ich greife in die Taschen seines Jacketts. Innen ist nichts, außer einem Kassenbeleg des Supermarktes.

»Lassen Sie das, oder ich rufe die Polizei.«

»Sicher. Tun Sie das.«

Die rechte Außentasche enthält eine Handvoll Trockenfutterringe für Hunde. Links finde ich Kleingeld, ein paar Münzen und ein kleines emailliertes Abzeichen. Ich lege alles auf den Küchentisch. Hinten in den Hosentaschen zwei Zwanzigmarkscheine. Vorn in der rechten Hosentasche ein Gummiband und ein benutztes Papiertaschentuch. Ich betrachte das Ergebnis der Leibesvisitation auf dem Küchentisch.

»Was ist das?« Ich hebe das Abzeichen hoch und halte es ihm hin.

»Ich habe es gefunden. Auf der Straße.«

»Das ist doch ...«

»Ich sagte doch: Ich habe es auf der Straße gefunden.«

Das Abzeichen stellt einen stilisierten Regenbogen dar. Schwule und Lesben tragen so eins. Bei Wolfgang Flint, dem Freund von Günter Köster, habe ich das mal am Revers gesehen.

Im Schatten der Bohnensuppe

Herbert Neumann ist im Badezimmer und übergibt sich. Seine Frau lässt mich nur zögernd herein, ihr Blick ist sorgenvoll.

»Ich weiß auch nicht, woher das kommt.«

»Was hat er denn gegessen?«

»Wir hatten Bohnensuppe zu Mittag. Davon kann es nicht kommen.« Sie zeigt mit der Hand in die Küche. Ein großer Dampfkochtopf steht auf dem Herd. Es riecht säuerlich.

»Ich guck mal nach meinem Mann.«

Sie geht, redet mit ihm im Badezimmer. Aus dem Raum dringen Würgegeräusche. Dem Mann geht es wirklich schlecht. Ich höre, wie seine Frau ins Schlafzimmer geht. Ich überlege, ob ich meine Hilfe anbieten soll. Andererseits wird mir meist übel, wenn andere sich übergeben. Ich gehe auf den Flur. Frau Neumann kommt aus dem Schlafzimmer und erschrickt, als sie mich sieht. »Herr Bartzsch, setzen Sie sich doch in die Küche.« Sie schreit es fast. Ich komme wirklich ungelegen.

Herbert Neumann wankt aus dem Bad. Sein kariertes Hemd ist nass, um den Hals hängt ihm ein Handtuch. Er versucht zu lächeln und streckt die Hand aus, doch bevor ich sie ergreifen kann, hält er sie sich vor den Mund und rennt ins Bad zurück. Es klingt, als wäre er schon ganz leer. Jetzt wird mir wirklich übel. Gertrud Neumann hält eine Rolle Klebeband in der Hand. Will sie ihm den Mund zukleben? Keine gute Idee.

»Sollte man nicht einen Arzt rufen?«

Gertrud hört mir gar nicht zu. Ihr Mann gibt im Bad dumpfe Geräusche von sich.

»Vielleicht waren es doch die Bohnen?«, wage ich

einzuwerfen. Sie wendet sich mir zu. »Wollen Sie Platz nehmen? Möchten Sie ein wenig Suppe? Es ist noch so viel da. Meinem Mann wird es gleich besser gehen.«

»Danke.« Einen Augenblick schweigt sie, lauscht.

»Sind nur Bohnen drin? Es riecht so …«

»Wissen Sie, es ist ein Rezept aus meiner Heimat. Eigentlich besonders bekömmlich. Wir machen die Suppe mit Sand.«

»Sand?«

»Jetzt wollen Sie doch, was? Sie sind ein Feinschmecker.«

Sie dreht den Kopf, lauscht nach ihrem Mann.

»Was war das mit dem Sand?«, frage ich.

»Kennen Sie das nicht? Wir tun Sand in die Suppe.«

»Richtigen Sand? Aus der Sandkiste?«

Zwischen den Häuserblocks gibt es eine kleine Sandkiste, die vor allem von den Hundebesitzern genutzt wird.

»Wissen Sie denn nicht, dass auch die Hühner beim Körnerpicken immer Sand mit aufnehmen? Das ist gut für die Verdauung.«

»Und den streuen Sie in die Suppe?«

»Ja, ich hole ihn mir vom Spielplatz. Er wird natürlich mitgekocht.«

»Ach so, dann ist es ja gut.«

Frau Neumann bemerkt meinen ironischen Ton. Sie sieht mich etwas strafend an, reckt den Kopf ein wenig und sagt von oben herab: »Sie mögen das vielleicht komisch finden, aber in meiner Familie hat es in den letzten Generationen immer einen gegeben, der hundert Jahre alt geworden ist.«

Im Bad röhrt ihr Mann. Er lässt das Wasser laufen und rennt zwischendurch ins Schlafzimmer. Wenn der so weitermacht, wird er keine hundert.

Ich wechsle das Thema. »Haben Sie einen Schlüssel zur Wohnung von Herrn Karzek?«

»Sie meinen doch nicht, dass unser Sohn da drüben ist?«

»Nein, aber vielleicht finden wir dort einen Hinweis.«

»Sie werden lachen, wir haben einen Schlüssel. Den hat uns noch Karzeks verstorbene Frau gegeben, nachdem ihr mal die Haustür durch die Zugluft ins Schloss gefallen war. Ich würde aber niemals …«

»Hat er auch einen Schlüssel für Ihre …«

»Nein.« Sie lacht. »Wir waren mit denen nie so richtig warm. Aber Frau Weser habe ich vorsichtshalber einen Schlüssel von uns gegeben – für den Notfall.«

»Und Sie haben einen Schlüssel von Frau Weser?«

»Ja. Man weiß ja nie. Einer alten Frau kann schnell was passieren, und bevor sie dann wochenlang tot in der Wohnung liegt … Das möchte man ja auch nicht.« Sie ist unruhig, lauscht alle paar Sekunden nach ihrem Mann, geht zur Tür und kommt unschlüssig zurück.

»Und Frau Weser hat einen Schlüssel von Günter Köster.«

»Ja, Sie wissen ja schon Bescheid. Sie hat auch von den Demircis einen. Weil sie diejenige ist, die am häufigsten zu Hause ist.«

»Sie haben also einen Schlüssel von Frau Weser, und bei ihr hängen die Schlüssel für …«

»Was wollen Sie damit sagen?« Sie ist empört. »Wir sind doch keine Einbrecher!« Seit ich ihre Kochkünste angezweifelt habe, behandelt sie mich außerordentlich kühl.

»Ich spiele doch nur mit den Möglichkeiten.«

Ihr Mann kommt blass, aber sichtlich erholt aus dem Bad. »Hast du es ihm schon gesagt?«

»Nein. Was?«

»Nun, dass wir uns entschieden haben. Wir werden nicht bezahlen.«

»Und wie wär's mit der Polizei?«

»Nein, nein, auf keinen Fall.«

»Was dann?«

»Wir haben uns überlegt, gar nichts zu tun.«

Er sieht mich nicht an, während er spricht, nur seine Frau, woraus ich entnehme, dass sie etwas wissen oder planen, was sie mir nicht mitteilen wollen.

»Tut uns leid, Herr Bartzsch, wir wollen einfach nichts mehr tun. Gar nichts. Schluss. Aus.«

Er sieht mich immer noch nicht an. Erst nachdem er seiner Frau zugenickt hat, wendet er sich mir zu. »Tja, das war's dann, wir informieren Sie natürlich, wenn's was Neues gibt.«

Irgendetwas stimmt hier nicht. Die wollen mich

loswerden. Und so schlecht geht es dem Mann auch gar nicht.

»Na gut, wie Sie meinen.« Ich gehe langsam an den beiden vorbei zur Wohnungstür. Die haben vor irgendwas Angst. Vielleicht sitzt im Wohnzimmer der alte Karzek mit geladenem Revolver.

»Na ja, bis dann.« Ich öffne die Wohnungstür, da höre ich ein dumpfes Geräusch aus der Tiefe der Wohnung. Karzek sitzt wohl tatsächlich im Wohnzimmer, deshalb wurde ich in die Küche abgeschoben. »Wenn Sie doch meine Hilfe brauchen …« Was macht Karzek im Wohnzimmer?

»Sicher. Danke. Wiedersehen.«

»Moment.« Plötzlich habe ich ein verrücktes Bild vor Augen, das alles erklärt. Ich drücke Frau Neumann zur Seite, bin mit zwei Sätzen durch den Flur und reiße die Schlafzimmertür auf. Es stimmt: Karzek liegt gefesselt, den Mund mit Klebeband verschlossen, auf dem Ehebett.

Alle Menschen haben Ohren

Wir sitzen auf dem Rand des Ehebettes um Karzek herum, der ganz still daliegt.

»Wie haben Sie das geschafft?«

»Er hat sich überhaupt nicht gewehrt«, erzählt Frau Neumann. Man sieht ihr an, wie erleichtert sie ist, einen Mitwisser zu haben. »Mein Mann hat ihn von hinten festgehalten, und ich habe ihn gefesselt.

Dann habe ich ein Küchenmesser geholt und es ihm gegen den Bauch gedrückt. Da ist er ganz brav, wie von allein, ins Schlafzimmer gegangen und hat sich auf das Bett gelegt. Erst hier habe ich ihm mit der Wäscheleine die Beine umwickelt. Und als Sie kamen, habe ich ihm vorsichtshalber noch den Mund zugeklebt.«

Schließlich erlauben mir die Neumanns, wenigstens das Klebeband von Karzeks Mund zu entfernen, denn der Mann ist schon ganz rot im Gesicht. Karzek bleibt stumm, sagt keinen Ton. Frau Neumann steht auf, holt ein Handtuch und legt es unter Karzeks Schuhe. Sie befürchtet, ihre Bettwäsche könnte schmutzig werden.

Karzek richtet sich etwas auf, hebt seine Beine und schiebt seine Schuhe zurück auf das Betttuch. Sie hinterlassen einen kleinen Schmutzstreifen. »Sie Schwein!«, schreit Frau Neumann, und Karzek grinst. Er hat keine Angst. Er scheint sich in der Situation wohl zu fühlen, denn er lehnt sich entspannt zurück und schließt die Augen. Ich stehe auf und bedeute den Neumanns, mir zu folgen. Wir gehen in die Küche. Offensichtlich war alles eine spontane Tat, und die beiden haben noch nicht darüber nachgedacht, was sie jetzt tun wollen.

Frau Neumann schlägt vor: »Wir stechen ihn mit einer Nadel, bis er alles sagt.«

»Wir verbinden ihm die Augen und machen eine Scheinhinrichtung«, begeistert sich ihr Mann.

Seine Frau erweitert mit leuchtenden Augen ihren

Vorschlag: »Mit einer glühenden Stricknadel könnte man ihm die Brustwarzen ... oder wir ... ich meine, man muss ihn ja nicht verletzen, nur so tun, als wollte man es.«

Ich wage, Karzeks Herzkrankheit zu erwähnen. Die beiden Neumanns stört es nicht, sie überbieten sich in weiteren Foltervorschlägen: mit den Füßen an der Decke aufhängen, eine Ziege Salz von seinen Füßen lecken oder beständig Wasser auf seine Stirn tropfen lassen, ihn an Strom anschließen, sein Geschlecht mit Sandpapier abreiben.

»Wie wär's mit Bohnensuppe?«, unterbreche ich die beiden.

»Wollen Sie nun doch?«, fragt Frau Neumann erfreut, bemerkt aber sogleich, wie ich es gemeint habe, und presst ihre Lippen zu einem dünnen Strich.

»He, ich habe Durst!«, brüllt Karzek aus dem Schlafzimmer. »Ich brauche ein Glas Wasser und meine Herzpillen. Sie liegen drüben auf dem Wohnzimmertisch. Und wenn Sie schon dabei sind, um diese Zeit bekommt Petermann immer eine Handvoll Trockenfutter. Es steht gleich vorn im Speiseschrank.«

Wir marschieren zurück ins Schlafzimmer.

»Sie kriegen überhaupt nichts, wenn Sie uns nicht sagen, wo Andreas ist.« Frau Neumann wedelt mit dem Zeigefinger vor seinem Gesicht.

»Gut, dann sterbe ich«, lächelt Karzek. »Mal sehen, ob Sie Andreas rechtzeitig finden, bevor auch er tot ist.«

»Es gibt verschiedene Vorschläge, Sie zu foltern.« Ich versuche, einen sachlichen Ton anzuschlagen. »Ich kann Ihnen leider nicht helfen. Mir sind die Hände gebunden, da Sie ein Gefangener der Neumanns sind. Also bedenken Sie: Sie können sich gewisse Unannehmlichkeiten ersparen, wenn Sie jetzt reden.«

Er lacht. »Ich verlange, als Kriegsgefangener nach der Genfer Konvention behandelt zu werden. Aber mal im Ernst: Wenn Sie mich nicht sofort freilassen, erhöhe ich das Lösegeld auf fünfhunderttausend.«

»So viel haben wir gar nicht«, jammert Frau Neumann.

»Dann müssen Sie es sich eben leihen.«

Ich stehe auf und winke den beiden Neumanns mit dem Kopf. »Kommen Sie.« Wir gehen in den Flur.

»Den Schlüssel!«

Frau Neumann holt ihn aus einer Schublade des kleinen Garderobenschranks.

Wir betreten Karzeks Wohnung. Petermann kommt uns schwanzwedelnd entgegen. Er bekommt sein Trockenfutter. Die Pillen liegen tatsächlich im Wohnzimmer in Schachteln, die mit den Wochentagen und den Tageszeiten bedruckt sind, zu denen sie eingenommen werden müssen. Nacheinander durchsuchen wir die Zimmer. Ich kriege von den vielen Hundehaaren einen nicht enden wollenden Niesanfall und versuche vergebens, Petermann auf Distanz zu halten. Der Hund freut sich über unser Tun, begleitet uns, steckt seinen Kopf schnüffelnd in alle Schränke und Schubladen, die wir öffnen. Frau Neumann entdeckt Kleider der verstorbenen Frau Karzek. Ich stoße hinter seinem Bett auf ein schimmeliges und stinkendes T-Shirt, und unter einer losen Teppichbodenkante liegen drei Geldscheine. Vielleicht gefälscht? Sonst finden wir nichts, was auf irgendeine kriminelle Tätigkeit Karzeks oder auf das Versteck von Andreas hinweist. Ich hatte große Hoffnungen auf ein Adressbuch gesetzt, aber es gibt keines. Neben dem Telefon im Flur klebt ein Zettel an der Wand mit allen Nummern, die Karzek benötigt: Dr. Zellmann, ein Fußpfleger, ein Tierarzt, der Bruder in München und sämtliche Hausbewohner. Frau Neumann findet einen Schuhkarton mit Fotos. Auch nichts.

Im Schlafzimmer steht ein gepackter Koffer für seine Flucht, aber es gibt keinen Flugschein, keine Fahrkarte. Ich finde sein Sparbuch und seine Kontoauszüge mit der Rentenzahlung. Er hat mehr als genug zum Leben. Auf dem Küchentisch liegen Reiseprospekte. Es ist nichts aufgeschlagen, nichts angestrichen, nichts hervorgehoben, aber dazwischen ein Bildband von Mallorca.

»Er fährt da jedes Jahr hin, aber in einen anderen Ort als wir«, klärt Frau Neumann mich auf. Ich gehe noch einmal durch alle Zimmer und überlege, wo sich etwas besonders sicher verstecken ließe. Aber die Wohnung ist arm an solchen Möglichkeiten. Herr Neumann hat sich die Trittleiter vom Balkon geholt und schaut unter den Gardinenbrettern und auf den

Schränken nach. Er findet auf dem Küchenschrank eine Pornozeitschrift aus dem Schwulenmilieu (ob die beiden von oben auch hier missioniert haben?). Das ist alles.

»Was ist mit dem Keller?«

Frau Neumann sucht den Schlüssel heraus, und ich folge ihr. Ihr Mann ist inzwischen dazu übergegangen, den Fußboden nach Hohlräumen abzuklopfen. Der Kellerraum ist vollgestellt mit alten Möbeln. Vorn jedoch ist eine nicht allzu große Fläche leergeräumt. Hier steht eine Kommode, die als Werkzeugschrank dient. Alle Werkzeuge haben ordentlich ihren Platz. Kein Staub. Endlich finden wir etwas Verdächtiges. Karzek besitzt eine kleine Drehbank sowie eine Fräs- und Schleifmaschine zum Kopieren von Sicherheitsschlüsseln. Ein Schlüssel ist noch eingespannt.

Ich nehme ihn heraus und stecke ihn in die Tasche. Oben in Karzeks Wohnung vergleiche ich ihn mit seinen anderen Schlüsseln. Er gehört nicht dazu.

Herr Neumann hat die Suche aufgegeben. Er steht mit leicht ausgebreiteten Armen in Karzeks Wohnungsflur. »Hier ist nichts.«

»Vielleicht sollten Sie ihm wirklich sagen, dass Sie nicht bereit sind, Lösegeld zu zahlen«, schlage ich vor.

»Mir soll's recht sein«, antwortet Herr Neumann, wiegt dabei jedoch bedenklich den Kopf und deutet auf seine Frau, die nur einen langen Seufzer von sich gibt.

Wir wollen zurück zu dem gefesselten Karzek,

doch der Weg ist uns versperrt. Die Tür ist zu, und in all der Aufregung haben die Neumanns vergessen, ihren eigenen Schlüssel mitzunehmen. Der aus Karzeks Keller passt nicht.

»Hoffentlich ist Tine da«, sagt Frau Neumann. Sie ist mit »Tine« Weser per du. Frau Weser ist da, und wir müssen gar nicht bei ihr klingeln, denn sie steht bereits auf dem Treppenabsatz. »Was ist denn da unten bei dem Karzek los? Das hört sich ja an, als würde eine Horde Vandalen durch die Wohnung laufen.«

Wir sehen uns schweigend an und suchen das gegenseitige Einverständnis, Witwe Weser in die Vorgänge einzuweihen.

»Es ist so«, sage ich gedehnt, »der Andreas nämlich, der ist angeblich entführt worden, und Karzek könnte ...«

»Ich weiß«, unterbricht mich Frau Weser, »und Karzek ist der Entführer.«

»Aber woher wissen ...«

»Ich hab doch Ohren.«

Jetzt geht's los! Jetzt kommt das Moos!

»Was für ein miserabler Detektiv bist du eigentlich!« Sylvia schimpft am Abend mit mir.

»Psst! Nicht so laut.« Ich deute mit dem Daumen nach unten.

»Ich weiß genau, wie du dich beim Kaffeeklatsch bei Frau Weser aufgeführt hast. Der Herr Detektiv und die staunende Damenwelt. Wahrscheinlich hast du auch noch Kaffee getrunken.« Sie ist eifersüchtig.

»Es gab Tee.«

»Statt das zu tun, was man in solchen Fällen tut. Man sammelt Informationen über die Beteiligten.« Sie hat ja recht.

»Du bist ungerecht. Frau Weser ist keine schlechte Informantin.«

»Hat sie dir über Karzek oder Andreas etwas Neues sagen können?«

»Nun, also ... nicht direkt. Weißt du übrigens, dass die alte Weser Zigarren raucht?« Ich versuche, Sylvia vom Thema abzubringen. Es gelingt nicht. Sie setzt nach: »Wissen wir, ob Karzek früher wirklich beim Ordnungsamt war? Warst du dort? Hat er nicht Freunde unter den Rentnern, die ständig im Park sitzen? Hast du die Spielsalons aufgesucht, wo Andreas sich herumtrieb, warst du in seiner Stammkneipe? Nein, stattdessen lässt der Herr Detektiv sich von einem Rentner bei der Verfolgung austricksen und isst Nusstorte mit einer klatschsüchtigen Witwe.« Sie hat wirklich recht.

»Es gab keine Nusstorte, nur Diätkekse. Du bist ungerecht.«

Sie wirft den Kopf in den Nacken und verlässt die Küche.

Natürlich hat sie recht, aber ich weiß auch, dass sie sich über mein bequemes Leben ärgert. Seit Jahren bin ich Frührentner, berufsunfähig wegen meiner Allergien und meines Asthmas. Obwohl es mir seit kurzem besser geht, dank Sylvias strenger Therapie. Aber solche Phasen hat es immer gegeben. Irgendwann wird sich mein Zustand erneut verschlechtern, und irgendwann wird sich die übermäßige Einnahme von Kortison rächen – dann, wenn dessen Nebenwirkungen zu chronischen Krankheiten werden.

»Gib zu, du ärgerst dich nur, weil du nicht dabei warst!«

Sie kommt zurück und hat ihre Jacke in der Hand.

»Eines sage ich dir, ich hätte aus dem Karzek was rausgekriegt! Und ihr lasst ihn einfach laufen!« Sie zieht sich die Jacke an.

»Willst du noch weg?«

»Einer muss die Basisarbeit ja machen.«

»Wo willst du hin?«

»Zuerst gehe ich in den Spielsalon am Alten Teichweg, dort soll Andreas beinahe gewohnt haben, anschließend besuche ich seine Stammkneipe am Osterbekkanal.« Sie steckt sich die Schlüssel ein.

»Moment mal. Du willst allein ... jetzt, um diese Zeit? ... Warte, ich komme mit.«

Sie sieht mich spöttisch an. »Weißt du nicht, dass Spielsalons und Eckkneipen die letzten Bastionen der Raucher sind, die sie mit dicken Qualmwolken verteidigen, sodass man oft nicht einmal den Weg zur Theke findet? Du wirst einen Asthmaanfall bekommen. Du bleibst hier.«

»Ich komme mit. Wer ist hier der Detektiv?«

»Schöner Detektiv.« Sie lacht und umarmt mich.

»Aber ich gehe alleine rein, du wartest draußen!«

»Sicher. Wo sind mein Halsband und die Leine?«

Im Spielsalon ist nicht viel los. Zwei ältere Männer vor den Spielautomaten. Der eine sitzt auf einem Barhocker, der andere bedient gleichzeitig vier Geräte, indem er immer wieder an ihnen entlangläuft. Der Billardtisch in der Ecke hinterm Tresen ist von kahlköpfigen Jugendlichen besetzt. Dem Mädchen an der Kasse sagt weder der Name Andreas Neumann etwas noch dessen Foto, das ich aus seinem Zimmer mitgenommen habe. Sie hätte nur an zwei Abenden in der Woche Dienst, erklärt sie und verweist uns auf die drei Billardspieler.

»Ihr kennt doch Andreas Neumann?« Sylvia ergreift die Initiative.

»Andy?« Die drei nehmen sofort eine feindliche Haltung ein.

»Ja, wann habt ihr den zuletzt gesehen?«

»Warum wollen Sie das wissen?«

»Ich hab mir gestern dreihundert Mark von ihm geliehen und bin heute mit ihm hier verabredet, um das Geld zurückzugeben. War er schon da? Hab ich ihn verpasst?« Sylvia ist wirklich gut.

»Sie können ja uns das Geld geben. Wir geben's Andy, wenn er kommt.« Die drei grinsen und wirken mittlerweile weniger feindselig. Einer zieht den Nasenschleim hoch und sagt: »Jetzt wird ihm schon das Geld hinterhergetragen!« Er reibt die Spitze seines Queues mit blauer Kreide ein. Der zweite beugt sich über den Billardtisch, um die Winkel zwischen den Kugeln anzupeilen. Von unten fragt er: »Wie ist denn sein Tarif jetzt?«

Der dritte kommt einen Schritt auf uns zu. »Andy war heute noch nicht da. Er war überhaupt lange nicht mehr hier, mindestens eine Woche nicht.« Er zieht die Stirn in Falten, legt den Kopf schief und hält eine Hand auf:

»Was ist nun mit dem Geld, Mädel?«

»Wo finde ich Andreas?«

»Lass mal die drei Hunnis sehen.«

Ich entferne mich und gehe zu dem Spieler auf dem Barhocker. Er hört nicht auf, mit lebloser Miene den blinkenden Geldautomaten zu beobachten. Gerade gibt der Apparat seine Melodie von sich, und unten fallen ein paar Markstücke in eine Schale. Der Spieler steckt sie oben wieder hinein. Ich ziehe das Bild von Andreas heraus und halte es zwischen Gesicht und Automaten.

»Scheißkerl«, brummt er und schiebt das Bild aus seinem Gesichtsfeld.

»Sie kennen ihn?«

Er zieht seinen Pullover hoch und zeigt mir eine Narbe am Bauch.

»Wegen einem Fuffi kommt der gleich mit dem Messer! Ich hätte es diesem Idioten doch am nächsten Tag zurückgegeben. Ehrlich!«

»Er verleiht Geld? – An jeden?«

»Sind Sie ein Bulle?«

»Nein, ich brauche Geld.«

»Ha!«

Der Spielautomat trötet triumphierend und hört gar nicht auf, Markstücke auszuspucken. Der Spieler erhebt sich von seinem Hocker, reißt mir Andreas' Foto aus der Hand, wirft es auf den Boden, spuckt darauf und hüpft darauf herum, wobei er eine Art Indianergeheul ausstößt. Das Mädchen hinter der Kasse klatscht dazu rhythmisch in die Hände. Die drei am Billardtisch tanzen mit seltsamen Verrenkungen herum und grölen im Chor: »Jetzt geht's los! Jetzt kommt das Moos!«

Alle Menschen sind Brüder

Das Foto ist zerrissen, und unser Bild von Andreas hat Züge eines brutalen Geldverleihers angenommen, aber in einem Spielsalon sind solche schiefen Ansichten wahrscheinlich schnell skizziert.

Sylvia stapft wütend und schweigend vor mir her, dann murmelt sie: »Alles Verbrecher!«

»Alles Verlierer«, ergänze ich und verkneife es mir, darüber zu predigen, dass in dieser Gesellschaft jeder Täter und Opfer zugleich ist. Sylvia kennt meine Meinung, und ein solcher Vortrag würde sie nur noch wütender machen. Sie glaubt weiterhin daran, dass Menschen auch ausschließlich gut sein können, obwohl sie einem solchen Langweiler noch nie begegnet ist.

Andreas' Stammkneipe ist nichts Besonderes. Eine

von den typischen Barmbeker Eckkneipen, wie es sie früher in viel größerer Zahl gab. Die Wirte leben von zwölf bis fünfzehn Stammgästen, die zwanzig Prozent ihres Einkommens jeden Monat am Tresen abliefern und im Gegenzug regelmäßig einen Rausch bekommen. »Bei Walter und Erika« steht über der Eingangstür. Ein Fernseher ist an der Wand befestigt. Er läuft ohne Ton. Neben der Klotür hängt ein Spielautomat, er wird von einer dicken Frau im Jogginganzug bedient. Sie schwankt. Am Tresen hocken drei Männer, alle etwa zwischen vierzig und fünfzig. Zwei ältere Männer sitzen an einem der Tische, mit Blick auf die Theke. Vom Band singt Marianne Rosenberg: »Ich bin wie du.«

Wir gehen an den Tresen. Der dünne Wirt sieht uns über seine Brille hinweg an. Er ist magenkrank.

»Zwei Mineralwasser«, sagt Sylvia.

»Und ein Bier für mich«, sage ich.

Der Wirt grinst und wiederholt: »Ein Wasser, ein Pils.« Ich sehe, dass Sylvia ansetzt, mich vom Bier abzubringen, da neigt sich der Thekennachbar zu ihr und sieht an ihr herab: »Wo ist denn der Hund?«

»Der Hund?«

»Na, für das Wasser.« Er lacht und sagt gleich darauf versöhnlich: »Ist nicht so gemeint.«

Die Frau im Jogginganzug bestellt vom Spielautomaten aus ein weiteres Bier. Sie hat schon leichte Artikulationsprobleme.

»Schon in Arbeit«, singt der Wirt.

Sylvia sieht mich strafend an. Sie mag es nicht, wenn ich Bier trinke.

»Eins nur«, sage ich.

Sylvia hebt den Finger. »Kann ich das Wasser zurücknehmen und dafür lieber auch ein Bier haben?«

Der Wirt nickt. Der Nachbar kommentiert: »Das Gute setzt sich durch.«

Ich schicke mit Hilfe der Bildung von Stirnfalten ein stummes »Nanu?« in den Raum. Doch Sylvia registriert es nicht, sie neigt sich dem Nachbarn zu: »Kennen Sie Andreas, ich meine Andy Neumann?«

Er lacht und fragt: »Sind Sie verheiratet?«

Sylvia schüttelt den Kopf.

»Würden Sie mich heiraten? Dies ist ein offizieller Antrag.«

Sylvia ist irritiert. »Was ist mit Andreas Neumann?«

»Na gut, dann nehmen Sie ihn. Aber ich warne Sie, er geht mit jeder. Ich dagegen wäre absolut treu. Ich bin Handwerker, Elektriker. Ich verdiene nicht schlecht, habe keine teuren Hobbys und eine hübsche Dreizimmerwohnung. Sie können sofort einziehen.«

Er scheint es ernst zu meinen. Sylvia sieht mich hilflos an. Ich hebe die Schultern. »Wenn du ihn willst …«

Sie wendet sich wieder dem Elektriker zu. »Haben Sie es schon mal mit einer Kleinanzeige versucht?«

Er stößt die Luft aus. Die Frau vom Spielautomaten wankt zur Theke und stößt Sylvia an. »Macht er wieder seinen Heiratstrick?«

Die beiden Rentner vom Tisch schlagen sich lachend auf die Schenkel.

»Helga, du bist bloß eifersüchtig.«

»Klappt es manchmal?«, fragt Sylvia.

»Mit dem Heiraten nicht«, mischt sich ein anderer Thekenbesetzer ein. »Aber das andere.«

»Kommen denn viele Frauen hier rein?«

»Er macht es in der U-Bahn!«, grölt einer der Rentner vom Tisch.

»Stimmt das?«

Der Elektriker grinst. »In der U-Bahn geht's am besten. Wissen Sie, der Wagen muss richtig voll sein, dann fühlen die Frauen sich sicher. Ich suche mir also eine aus und spreche sie an, wobei ich sofort sage, dass ich sie heiraten möchte. Und wissen Sie was? Alle hören zu, und der ganze Waggon ist auf meiner Seite. Alle wollen, dass es klappt.«

»Aber es klappt nicht.«

»Das andere schon.«

»Oft?«

»Ziemlich.«

Einer der Rentner steht auf. Er klopft dem Elektriker auf die Schulter. »Unser Peter ist der Beste.«

»Schon klar«, sagt der Elektriker und ruft: »Einen Sauren für alle!«

Der Wirt muss es schon gewusst haben, denn die geeisten Gläser stehen bereits in einer Reihe auf der Theke und werden, ohne die Flasche abzusetzen, gefüllt. Noch bevor wir unser Bier bekommen, schiebt uns der Wirt einen sauren Korn zu. Der Elektriker rutscht von seinem Barhocker, hält Sylvia förmlich das Glas hin, und sie muss mit ihm anstoßen.

»Alle Menschen sind Brüder«, sagt Peter. Und die Kneipenbesatzung samt Wirt brüllt im Chor: »Alle!« und schluckt den Korn hinunter.

Der Elektriker setzt sich wieder. »Und was Andy, diesen treulosen Hund, angeht, der kommt nicht mehr, seit er Marianne von drüben kennengelernt hat.«

»Aus dem Osten?«

»Nein, drüben ist die andere Seite des Osterbekkanals.«

»Meinen Sie, er wohnt bei ihr? Haben Sie eine Adresse?«

»Nicht so schnell, mein Kind. Bei ihr wohnt er garantiert nicht, die ist nämlich verheiratet, und ihr Alter ist noch in der Wohnung.«

»Und wann war Andy zuletzt hier?«, frage ich.

Der Wirt schiebt uns die sorgfältig geschenkten Biere hin. »Letzte Woche«, sagt er. »Er hat sich mit Marianne hier getroffen. Ich glaube, am Freitag war das. Horst, warst du nicht auch hier?« Horst nickt in sein Bier, dann hebt er den Kopf und deutet zu einem Tisch. »Dort hat er gesessen. Die haben hier rumgeturtelt. Nicht zum Aushalten. Später ist der Karzek noch gekommen. Sie sind dann mit ihm zusammen weg.« Er trinkt einen Schluck. »Vielleicht«, fügt er grinsend hinzu, »hat sich der Karzek erbarmt und ihnen ein Bett gegeben, damit sie es nicht im Hausflur machen müssen.«

Wohin mit dem Hund?

Der Rettungswagen versperrt die ganze Straße. Auch Doktor Zellmann ist da. Ihn haben die Neumanns zuerst gerufen. Fast alle Hausbewohner stehen herum, nur der Arbeitslose, Erdal Demirci und dessen Kinder fehlen. Frau Neumann weint und schluchzt an der Brust ihres Mannes, und leise fragt sie immer wieder: »Wir haben ihn doch nicht umgebracht?«

Die Tür von Karzeks Wohnung ist weit geöffnet. Er liegt im Flur, zwei Sanitäter beugen sich über ihn. Sie haben ihren Rettungskoffer aufgeklappt, aber es ist sinnlos. Er ist tot.

Frau Weser erzählt zum zweiten Mal, wie es war. Sie hat, wie alle im Haus heute Morgen, das Winseln Petermanns gehört, schließlich ist sie runtergegangen, hat geklingelt und durch den Briefschlitz gelauscht, und da hat sie so ein komisches Röcheln gehört. Sie macht es vor. Zuletzt hat sie mit Hilfe von Frau Neumann die Tür geöffnet, aber da sei es wohl schon zu spät gewesen. Frau Neumann untermalt die Erzählung mit einem lauten Schluchzer. Doktor Zellmann kommt in den Hausflur und erklärt den Anwesenden, Herr Karzek habe schon immer ein schwaches Herz gehabt. Frau Neumann schluchzt noch lauter, und weinend fragt sie: »Was ist denn jetzt mit An…« Ihr Mann drückt sie geistesgegenwärtig gegen seine Brust und erstickt damit den Rest ihrer Frage. »Der Hund«, erklärt er den Anwesenden. »Was ist denn jetzt mit dem Hund?«

Alle diskutieren, was man mit ihm machen solle. Ins Tierheim will ihn niemand bringen. Sie sind sich einig, dass das arme Tier im Haus bleiben soll. Aber bei wem? Frau Weser und ich scheiden aus, als Asthmatiker können wir uns keine Hundehaare in der Wohnung leisten. Den beiden Schwulen sieht man an der Nasenspitze an, dass sie Hunde eklig finden. Gönül Demirci schüttelt den Kopf, sie habe schon zwei Kinder und einen Mann.

»Wir können ihn ja erst mal weiterfüttern«, schlägt Herr Neumann vor. »Vielleicht übernehmen ihn später die neuen Mieter?«

Tatsächlich folgt Petermann ihm schwanzwedelnd in die Wohnung. Die Rettungssanitäter ziehen ab. Doktor Zellmann will Karzeks Bruder benachrichtigen, damit der ein Beerdigungsinstitut beauftragen kann. Die Hausbewohner treten den Rückzug an. Frau Neumann sieht mich bedeutungsvoll an, ich nicke und verspreche, später vorbeizukommen. Die Gelegenheit scheint mir günstig, erst einmal einer anderen Spur zu folgen, denn Günter Köster verlässt das Haus, während sein Freund Wolfgang wieder hinaufgeht.

»Ich hätte da noch eine Frage«, spreche ich ihn an. Frau Weser, die vor uns die Treppe hinaufsteigt, bekommt spitze Ohren. Sie geht zwar in ihre Wohnung und schließt die Tür, aber ich weiß, dass sie sofort dahinter stehen geblieben ist und das Ohr ans Holz presst.

»Es ist vielleicht besser, wenn wir kurz reingehen«,

schlage ich vor. Wolfgang Flint lässt mich in die Küche und registriert staunend meine Fragen nach seinen Beziehungen zu Karzek und Andreas. Schließlich erzähle ich ihm die ganze Geschichte und dass ich bei beiden Magazine gefunden habe, die von ihm stammen könnten. Er kriegt den Mund nicht wieder zu und will am Ende nichts davon glauben und nichts von den Zeitschriften wissen. Er kichert und schüttelt fassungslos den Kopf.

»Ich glaube eigentlich auch nicht an eine Entführung«, erkläre ich, »aber Tatsache bleibt: Andreas ist verschwunden. In diesem Zusammenhang werden Sie verstehen, dass Ihre Baumaßnahmen ... Sie wissen schon.«

Er guckt irritiert, dann lacht er leise. »Wir haben einen Raum isoliert. Sie wissen doch selbst, wie sehr hier alles im Haus durch die Wände dringt. Man kann ja nicht mal laut ... Sie wissen schon, also Musik machen. Und da haben wir mit einer weiteren Innenwand und Steinwolle dazwischen ...« Er stutzt. »Sie glauben doch nicht etwa, wir ... Nein, das können Sie nicht!«

Ich sage gar nichts, neige nur den Kopf zur Seite, blicke an die Decke und pfeife ein bisschen vor mich hin.

»Sie glauben tatsächlich, wir ... wir hielten in einem solchen Raum den Andreas gefangen?«

Er springt auf. »Kommen Sie mit!«

Ich folge ihm. Die beiden haben eines der kleinen Zimmer vollständig isoliert. Selbst vor dem mit einer

Gardine verhängten Fenster ist eine Klappe, sodass sich der Raum völlig verdunkeln lässt. Er ist leer bis auf vier Seile, die von starken Haken, angebracht an der Decke, herabhängen. Der Fußboden ist gepolstert.

»Genügt das?« Er schiebt die Doppeltür langsam wieder zu.

»Ein gutes Gefängnis.«

»Mehr noch, eine Folterkammer, wenn Sie wollen.«

»So genau wollte ich es gar nicht wissen.«

»Wir gehören nicht zur Sadomaso-Szene.«

»Tut mir leid.«

»Ach, Sie haben Erfahrungen?«

»Wie? Womit?«

»Na ja.«

»Nein, nein.«

Mit diesem Missverständnis bringt er mich zur Tür. »Grüßen Sie Ihre Frau.« Es klingt ironisch.

»Ja, danke.«

Kaum schließt sich hinter mir die Tür, öffnet Witwe Weser die ihre. Sie winkt mich stumm heran und zieht mich in ihren Flur. »Na, erzählen Sie schon«, flüstert sie. »Was bauen die da?«

»Ach, nichts Besonderes. Die haben nur ein Zimmer isoliert, um Musik zu hören, ohne jemanden im Haus zu stören.«

»Musik?«

»Ja.«

»Herr Bartzsch, ich bin nicht von gestern.«

Es klingelt, und Frau Neumann steht vor der Tür. Sie hat ganz rote Augen.

»Tine!«, stöhnt sie und lässt sich von Frau Weser umarmen. »Was machen wir denn bloß? Wie sollen wir denn jetzt Andreas wiederfinden, wo Karzek tot ist.«

»Wissen Sie übrigens, dass der Karzek beim Ordnungsamt vorzeitig pensioniert wurde, weil er sich angeblich hat bestechen lassen, und dass er früher zur berüchtigten Dulsbergbande gehört haben soll?«, prahle ich mit meinem gestern Abend erworbenen Kneipenwissen. »Die haben damals systematisch Automaten und Autos geknackt. Ich hätte nicht gedacht, dass er ein richtiger Verbrecher ist.«

»War! Er war!«, verbessert mich Witwe Weser.

In diesem Augenblick hören wir ein schleifendes Geräusch, und gleich darauf folgt ein Husten. Es kommt aus Karzeks Wohnung. Frau Neumann heult auf: »Er lebt noch!«

Verdächtige Geräusche

Nach all der Aufregung lege ich mich in mein Bett, ziehe den Reißverschluss der Zeltplane zu und will von den Vorgängen im Haus erst mal nichts mehr wissen. Aber es ist eher eine symbolische Handlung. Das Haus lebt, auch wenn einer der Mitbewohner tot ist, und ich liege genau an der Stelle, an der man das Leben deutlich hört.

Es scheint wirklich aussichtslos, in diesem Fall weiterzukommen. Karzek war unsere einzige Verbindung. Selbst wenn er nicht der Entführer gewesen ist. Man kann nicht einmal ausschließen, dass die Neumanns zu seinem schnellen Tod beigetragen haben.

Herbert Neumann war es, der uns mit den Geräuschen so erschreckt hat. Er war in Karzeks Wohnung gegangen, um Hundefutter zu holen. Bei dieser Gelegenheit hat er den Küchenschrank durchsucht. Wieder ohne Ergebnis. Meinem Drängen, nun doch die Polizei einzuschalten, hat er nicht nachgegeben.

Ich schließe die Augen und lausche den Geräuschen des Hauses. Frau Weser hat ihre Waschmaschine angeworfen. Gönül hört türkische Musik. Über mir läuft das Wasser im Bad. Und in der Küche klappern Töpfe. Wahrscheinlich sind die jetzt erst aufgestanden. Sie duscht, er macht das Frühstück. Vielleicht ist es gar keine schlechte Idee, ein lärmisoliertes Zimmer zu haben. Man hört nichts, und es dringt nichts nach außen. Man muss es ja nicht gleich zur Dunkelkammer machen. Gönül beginnt mit dem Abwasch. Bitte nicht mit dem Besteck werfen! Über mir klingelt es an der Tür. Der Klingelknopf muss von der Haustür aus betätigt worden sein, denn ich habe niemanden hinaufgehen hören. Jetzt kommt jemand. Es sind die Schritte einer Frau. Sie ruft »Hallo!«, während sie die Treppen hinaufsteigt. Von oben antwortet der Arbeitslose mit einem »Hey«. Dann klappt die Tür. Ich verfolge ihre Schritte. Jetzt sind sie über mir. Wenn mich nicht alles täuscht, ist das Zimmer über mir auch sein Schlafzimmer. Wer ist da gekommen? Treibt er es mit zwei Frauen? Witwe Weser hat einen schlimmen Hustenanfall. Ich schnuppere, ob der Zigarrenrauch durch den Fußboden dringt. Asthma und Zigarren! Die ist lustig. Na ja, wenn man so alt geworden ist, darf man alles, dann bringt es einen nicht mehr um. Sie bietet mir eine Zigarre an, und als ich den Kopf schüttle, fesselt mich Herr Neumann, und seine Frau kommt mit einer Nadel. Sie lacht, weil ich mich vor Angst winde. Warum stecke ich in dieser Grube? Und warum ist die Nadel nur Klebeband? Ich schrecke hoch. Trotz der Geräusche bin ich kurz eingeschlafen. Aber das Lachen ist kein Traum, es kommt von oben wie das helle Gickern seiner Freundin. Ruhe, es ist Mittagspause! Und überhaupt: Arbeitslose sollten nichts zu lachen haben!

Im Treppenhaus klappt eine Tür. War das im ersten Stock? Jetzt reden zwei Personen in Frau Wesers Wohnung und gehen dabei von einem Zimmer ins andere. Sie lacht, nein, es ist ein Hustenanfall. Die Waschmaschine stoppt. Gleich wird sie in den Schleudergang übergehen, dann vibriert der Fußboden. Ist denn hier niemals Ruhe? Jemand steigt pfeifend das Treppenhaus hinunter. Wer ist das jetzt wieder? Weiß der nicht, dass hier gerade einer gestorben ist? Da pfeift man nicht!

Ich stehe genervt auf, und plötzlich weiß ich, was

ich tun muss, selbst wenn ich mich bis auf die Knochen blamiere. Wir ziehen hier sowieso wieder aus. Und mit den Schwulen habe ich es mir schon verdorben. Warum nicht auch noch mit dem Rest?

Ich steige die Treppe zum Arbeitslosen hinauf und klingle. Er öffnet, zieht die Stirn in Falten.

»Marianne!«, rufe ich in die Wohnung. »Bist du da?«

»Ja«, sagt sie und streckt den Kopf aus dem Schlafzimmer. Ich drücke den Arbeitslosen zur Seite und bin mit zwei Schritten bei ihr. Im Bett liegt Andreas. Ich erkenne ihn trotz seiner jetzt kurzen Haare.

»He, was will der hier!«, beschwert er sich.

»Ruhe«, sage ich. »Ich will Ruhe.«

Ich setze mich auf den Bettrand, der Arbeitslose kommt hinzu, und ich erzähle ihnen, wie sie ihren Plan gefasst haben, dass Andreas sich selbst entführen und Karzek das Lösegeld eintreiben soll. Selbst mit meiner Vermutung, dass das Vermögen von Andreas' Mutter zwischen ihm, dem Arbeitslosen und Karzek zu gleichen Teilen gedrittelt werden sollte, liege ich richtig. Sie geben alles zu. Sie haben nicht die geringste Angst, dass jemand die Polizei ruft. Sie würden einfach alles abstreiten. Es gäbe keine Beweise, und Karzek könnte ja auch nichts mehr sagen.

»Außerdem«, sagt Andreas am Schluss, »was geht's dich an?«

»Nichts«, sage ich und mache mich auf den Weg nach unten. An der Wohnungstür halte ich noch einmal inne und stecke den Schlüssel aus Karzeks

Schleifmaschine in das Schloss des Arbeitslosen. Er passt. Eigentlich hätte ich das alles viel früher wissen können.

Nichts konnte unter uns geregelt oder vertuscht werden. Frau Weser hatte die Initiative ergriffen und die Polizei gerufen. Schluss. Aus.

Die Staatsanwaltschaft hat die Ermittlungen aufgenommen. Ich glaube, es sind drei oder vier Straftatbestände, die Andreas vorgeworfen werden. Ich kenne mich da nicht so genau aus. Es nützt nichts, dass die Neumanns gar keine Strafanzeige gegen ihren Sohn erstatten wollten. Andreas sitzt in Untersuchungshaft.

Mich guckt hier keiner mehr an. Nur Witwe Weser hat mir eine Kiste Zigarren geschenkt. Eine zweideutige Geste. Alle anderen sind sauer. Sogar die Polizei überlegt, ob sie gegen mich vorgehen soll. Dabei habe ich doch alles aufgeklärt. Die sehen das anders.

Die Türken sprechen nicht mehr mit mir, weil ich ihnen angeblich den Schäferhund aufzwingen wollte. Neumanns grüßen tonlos. Für die bin ich an allem schuld. Wer die schlechte Nachricht bringt, wird mit ihr identifiziert.

Der Hammer von Wandsbek

Frischer Streuselkuchen, noch warm

Wenn ich das Haus verlasse, warten tödliche Gefahren auf mich. Ich bin Allergiker und Asthmatiker. Vierzehn Allergene, so haben die Ärzte im Laufe der Zeit herausgefunden, führen bei mir zu einer Überreaktion des Immunsystems. Natürlich bin ich gut trainiert, sie zu wittern und ihnen auszuweichen.

Ich stehe im Hauseingang und schnuppere. Der Geruch von Hefe liegt in der Luft. Vor vier Wochen sind wir vom Dulsberg in die Nähe der Hefefabrik an der Wandse gezogen. Alles, was ich von diesem Duft bekomme, ist Hunger auf frischen Streuselkuchen. Eigentlich wollte ich im Eichtalpark spazieren gehen. Es hat geregnet, und deshalb ist die Gefahr herumfliegenden Blütenstaubs gering. Ich bekomme sonst davon Heuschnupfen. Aber jetzt überlege ich, ob ich zur Konditorei Andersen am Wandsbeker Markt spaziere. Der Streuselkuchen ist zwar nicht so berühmt, dafür gehören die Torten zu den besten in Hamburg. Ich müsste allerdings an der Kreuzung Wandsbeker Allee eine volle Dröhnung Abgase in

Kauf nehmen. Davon bekomme ich Asthma. Und Torte ist für mich auch ein unkalkulierbares Risiko. Ich darf eigentlich nur das essen, was ich für mich als unschädlich getestet habe. Ich bekomme sonst möglicherweise Bauchschmerzen, Quaddeln am Hals und rote Flecken im Gesicht. Ganz abgesehen davon: Wenn Sylvia merkt, dass ich Torte gegessen habe, bekomme ich auch noch von ihr mein Fett weg. Sie wacht sehr streng über meinen Körper und meine Seele. Aber was ist das Leben ohne Sünde? Der Teufel und der Hefeduft lenken meine ersten Schritte, da öffnet sich im Erdgeschoss des Mietshauses quietschend ein Fenster.

»Herr Bartzsch, ich habe den Kerl wieder gesehen!«

»Tag, Frau Heuer.« Ich will mich nicht aufhalten lassen, denn mir fällt ein, dass es noch den Bäcker im Einkaufszentrum Quarree gibt, und ich weiß plötzlich ganz genau, dass er frischen Streuselkuchen hat. Ich sehe ihn geradezu vor mir in der Vitrine liegen.

Frau Heuer ist schon weit über achtzig, hat wahrscheinlich Zucker und darf an solche Sachen gar nicht denken.

»Herr Bartzsch, der Kerl mit dem Hammer. Sie müssen was tun! Man traut sich ja gar nicht mehr in den Park.«

Der Mann mit dem Hammer ist seit Tagen das Gesprächsthema. Es soll ein älterer, kräftiger Mann auf einem Fahrrad sein, der die Wandse entlangfährt und in der Hand einen Hammer schwingt. Jede der Nachbarinnen kennt jemanden, der jemanden kennt, der eines der Verbrechen des Mannes mit dem Hammer beschwören kann. Mal ist er ein Irrer, der unmotiviert zuschlägt, dann ein Räuber oder ein Vergewaltiger, manchmal sogar ein Exhibitionist. Ich habe den Kerl noch nie gesehen.

»Was hat er denn gemacht?« Der Streuselkuchen geht mir nicht aus dem Kopf. Speichel sammelt sich im Mund.

»Er hat mich angesehen. Auf seinem Fahrrad ist er dicht an mir vorbei. Und er hat so geguckt, als wollte er sich mein Gesicht genau merken. Der hat was vor.«

»Und der Streuselkuchen?«

»Was?«

»Entschuldigung, ich meine nicht den Streuselkuchen. Der Hammer, was war das für einer?« Ich habe den Streuselkuchen am liebsten, wenn er viel Feuchtigkeit hat und noch warm ist.

»So groß!« Sie breitet die Hände aus, der Hammer wird größer und größer und dann wieder ein bisschen kleiner.

»Und den haben Sie genau gesehen?« Manchmal gibt es den Streuselkuchen auch mit Apfelfüllung, den esse ich auch sehr gern.

»Ja, er hatte einen Regenmantel über die Schultern gehängt, und da drunter war der Hammer verborgen. Was soll da sonst gewesen sein?«

»Aha.« Einmal habe ich in der Innenstadt sogar Streuselkuchen gegessen, der wunderbar nach Karamell schmeckte. Ich weiß bloß nicht mehr, wo das war.

Frau Heuer lehnt sich weit aus dem Fenster. »Eins sage ich Ihnen, Herr Bartzsch, ich weiß, was ich jetzt tue. Ich lasse mich nicht einfach so abschlachten.« Sie winkt mich zu sich heran, legt eine Hand an den Mund und flüstert: »Mein Mann hat mir einen Revolver aus dem Krieg hinterlassen. Den mach ich jetzt sauber.«

»Machen Sie sich nicht unglücklich.« Ich glaube, von dem Hefegeruch bekomme ich Halluzinationen. Aus ihrer Wohnung kommt der Duft von Kuchen. Ich brauche jetzt dringend ein Stück Streuselkuchen.

»Im Gegenteil, Herr Bartzsch, ich werde ein Unglück verhindern.« Sie stemmt die Arme in die Hüfte und sieht mich an, als wäre ich der Kerl, den sie erschießen will. Dann nickt sie. Ich bin schon so gut wie tot.

Ich hebe die Hand und wende mich zum Gehen. Streuselkuchen ist alles, was ich will. Ich drehe mich noch einmal um.

»Eine Frage noch, Frau Heuer, backen Sie Kuchen?«

»Was?«

»Kuchen, so wie Kaffee und Kuchen, verstehen Sie?«

Ihre zum Kampf entschlossene Miene hellt sich auf. »Sie haben es gerochen, was?« Sie lacht und winkt mir, ins Haus zu kommen. »Frischer Streuselkuchen, noch warm.«

Ich gehe ins Haus zurück und stelle mich erwartungsvoll vor Frau Heuers Wohnungstür auf. Ich muss aufpassen, dass mir nicht der Speichel aus den Mundwinkeln tropft. Ich höre ihre Schritte auf dem Flur. Ich weiß, sie wird öffnen und sagen, dass es bei ihr fürchterlich aussehe, weil sie noch nicht zum Aufräumen und Saubermachen gekommen sei. Zwei Sicherheitsschlösser werden gedreht und eine Türkette entriegelt, dann macht sie endlich auf.

»Sie müssen entschuldigen, Herr Bartzsch, aber bei mir sieht es fürchterlich aus. Ich bin wegen des Kuchenbackens noch nicht zum Aufräumen und Saubermachen gekommen.«

»Klar, ich habe nichts anderes erwartet.«

Sie sieht mich irritiert an, sodass ich schnell ergänze: »Sie hätten mal sehen sollen, wie es bei meiner Mutter aussah, wenn sie Kuchen backte.« Meine Mutter hat nie Kuchen gebacken.

Frau Heuer ist versöhnt. Sie bringt mich in die gute Stube. Ich darf mich neben einen Schrank setzen, den sie mit Blumen und zahlreichen Fotos zu einem Altar für ihren verstorbenen Mann ausgebaut hat. Gleich darauf trägt sie einen Teller herein, auf dem sich frischer Streuselkuchen türmt. Sie deckt Teller und Tassen auf und verschwindet wieder in der Küche. Ich überlege, von welchem Kuchenstück ich schon mal einige Streusel abknabbern kann, ohne dass es auffällt. Sie kommt zurück, bevor ich es in die Tat umsetzen kann. Sie stellt eine Kaffeekanne ab und schiebt etwas über den Tisch. Es ist schwer und in einen Lappen gewickelt.

»Die Hauptsache«, sagt sie. »Gucken Sie sich den mal an.«

Ich weiß schon, was es ist.

»Ich fasse so etwas nicht an.«

»Nun machen Sie schon, Sie sind doch ein Mann.« Zum Glück klingelt es. Ich greife gierig nach einem Kuchenstück und pule einen Streusel ab. Darunter ist der Kuchen heller. Sie wird es merken. Ich versuche, die Stelle mit dem Finger dunkel zu reiben. Sie spricht draußen mit einer Frau. Das Kuchenstück zerbricht mir in der Hand. Was mache ich bloß? Wie vertusche ich das? Ich stopfe mir das ganze Stück in den Mund, kaue hastig und versuche, den verbliebenen Kuchen auf dem Teller so zu ordnen, dass sich die Lücke schließt. Es geht nicht, mein kunstvoller Aufbau bricht zusammen, ein Stück fällt auf die Tischplatte. Draußen im Flur bittet Frau Heuer die Frau hereinzukommen. Sie nähern sich. Fieberhaft puste ich die Krümel vom Tisch, verreibe sie mit den Füßen im Muster des Orientteppichs und richte die Stücke auf dem Teller notdürftig wieder aus. Es wird auffallen, dass ein Stück fehlt. Sie kommt. Ich habe den Mund noch voll, schlucke heftig.

Die beiden Frauen betreten den Raum.

»Das ist der Herr Bartzsch von oben«, werde ich vorgestellt. »Und das ist Doris, also Frau Ehrmann von schräg gegenüber im ersten Stock.« Ich erhebe mich, gebe der neuen Nachbarin stumm die Hand, wende mich ab und würge das letzte Kuchenteil hinunter. Ein Krümel bleibt am Rand der Luftröhre hängen, und auf meinem Sessel sehe ich zwei dicke Streusel liegen. Entweder setze ich mich darauf, oder sie verraten mich.

»Aha, von Schräg-Gegenüber«, krächzt der Streusel in meiner Kehle, »ein seltener Adelstitel.« Die beiden Frauen stutzen. Ich breite die Hände aus und räuspere mich. Der letzte Krümel rutscht hinunter. Ich beschließe, die weiteren Beweise meiner Untat zu vernichten, indem ich mich auf die Streusel setze. Mein Witz ist angekommen, die beiden Frauen lachen und nehmen Platz.

Frau Heuer stößt die Nachbarin an. »Nun erzähl schon, Doris, du bist ihm doch auch begegnet. Wie groß war der Hammer?«

Doris Ehrmann ist wie Frau Heuer wahrscheinlich auch schon weit über achtzig. Sie hebt die Hände, lässt sie flattern und stößt die Luft aus. Dann erstattet sie aufgeregt Bericht. Erst gestern hat sie ihn gesehen, und der Mann muss sie regelrecht verfolgt haben. Sie ist sich sicher, dass er es auf sie abgesehen hat, obwohl er am Ende doch nur mit dem Fahrrad an ihr vorbeigefahren ist. Und den Hammer hat er in einem Einkaufsbeutel an der Lenkstange gehabt, da ist sie sich ganz sicher. Einem Polizisten hat sie die Geschichte bereits erzählt. Aber die Polizei würde ja nichts unternehmen. Sie holt ihre Handtasche und wühlt darin, bis sie mehrere zerfledderte und vergilbte Zeitungsausschnitte findet, und schiebt sie mir triumphierend hin. Leichenfunde und Überfälle. Wahrscheinlich über Jahrzehnte hinweg gesammelt. »Alles an der Wandse passiert!«

»Sehen Sie«, sagt Frau Heuer zufrieden nickend zu mir, dann wendet sie sich wieder der Nachbarin zu. »Doris, jetzt schlagen wir zurück.« Sie wickelt einen Revolver aus dem Lappen und zielt auf mich. Ich sehe die Kugeln in der Trommel und versuche, dem Lauf auszuweichen.

»Nehmen Sie ihn schon, Sie sind doch ein Mann«, befiehlt Frau Heuer erneut.

Ich hebe die Hände. »Ich habe keine Ahnung davon.«

»Sie werden doch wissen, wie so etwas funktioniert.« Sie streckt mir den Lauf entgegen. »Los!«

»Ich fass den nicht an. Nehmen Sie den bloß weg.« Ich soll wohl meine Fingerabdrücke auf der Waffe hinterlassen.

»Männer«, stöhnt Frau Heuer verächtlich. Sie steht auf, holt ihre Handtasche und stopft den Revolver hinein. »Den haben wir jetzt immer bei uns, das sage ich Ihnen, Herr Bartzsch.«

Meine Argumente, dass sie sich damit eher gegenseitig oder einen Unschuldigen erschießen, nützen nichts. Erst als ich verspreche, mich um die Sache mit dem Hammermann zu kümmern, holt Frau Heuer die Waffe wieder aus der Tasche, platziert sie liebevoll zwischen den Fotos auf dem Altar ihres Mannes.

»Eine Woche«, sagt sie drohend zu mir. »Mehr geben wir Ihnen nicht! Was, Doris?«

Sie setzt sich wieder an den Kaffeetisch und verteilt endlich den Streuselkuchen. Als sie mir Kaffee einschenken will, zögere ich einen winzigen Moment, ihn abzulehnen. Meist bekomme ich davon Durchfall, aber manchmal geht es auch gut aus. Ich nippe daran. Ich verschlinge ein zweites Stück Streuselkuchen, schlürfe den süßen Kaffee. Köstlich. Das Gespräch wendet sich vom Hammermann den Nachbarn zu. Meine Kaffeetasse wird aufgefüllt. Wunderbar. Ich erlaube mir ein drittes Stück. Ich lehne mich befriedigt zurück, da durchzuckt es meinen Bauch. Ich neige mich stöhnend nach vorn.

»Herr Bartzsch, was ist denn?«

»Oh, mir fällt gerade ein, ich habe das Bügeleisen nicht ausgeschaltet.«

Ein zweiter Blitz jagt durch meine Därme. Die Strafe für alles. Ich schaffe es gerade noch, mich nach oben in unsere Wohnung und aufs Klo zu schleppen. Da muss ich jetzt büßen.

Der Tote und der Taschendieb

Man stelle sich einen der klassischen Detektive vor, von Sherlock Holmes über Sam Spade bis zu Mike Hammer. Keiner von ihnen hatte jemals Darmkrämpfe und Durchfälle. Nein, die würden sich vor Schmerzen nur dann winden, wenn sie eine Kugel im Bauch hätten. Ich reiße mich also zusammen und mache mich auf den Weg in den Park. Andererseits gibt es die modernen Detektive, von Schimanski bis Bella Block, die ich mir gut auf dem Klo vorstellen kann. Wie auch immer, es muss eine Kleinigkeit sein, den Mann mit dem Hammer zu finden. Simple Überwachungstätigkeit eines Weges, der streckenweise nur auf einer Seite der Wandse entlangführt. Ich brauche mich bloß auf eine Bank zu setzen und zu warten.

Unterwegs kaufe ich mir eine Zeitung, dann suche ich mir eine Bank im Park hinter der Hefefabrik.

Es ist ein ziemlich warmer Frühlingstag, und wären da nicht mein grummelnder Bauch, das leichte Pfeifen meiner asthmatischen Bronchien und der Hammermörder, so könnte ich als allergischer Frühpensionär mein Leben genießen.

Es kommen nur wenige Radfahrer vorbei, und schon gar keiner mit einem Hammer. Etwas entfernt sitzt ein Rentner und sonnt sich, obwohl die Wolken nur ab und zu ein paar Strahlen durchlassen. Eine Frau schiebt einen Kinderwagen und wartet immer wieder auf ein kleines Mädchen, das hinter ihr hertrödelt. Als sie an dem Rentner vorbeigehen, beginnt das Baby zu schreien. Der alte Mann rührt sich nicht. Schließlich kommen sie zu mir. Das Baby sieht mich und schreit noch mehr. Die Mutter nimmt es auf den Arm, aber es lässt sich nicht beruhigen.

Es kommt niemand mehr. Die Zeitung habe ich überflogen. Mir wird langweilig. Das Holz der Bank ist doch noch ziemlich kalt und vom Regen durchfeuchtet. Bestimmt nicht gut für mein Gedärm. Da kommt ein dicker, finster blickender und schwarzgekleideter Kerl auf einem viel zu kleinen Klapprad mit vielen Einkaufstüten. Das könnte er sein. Nein, es ist ein Penner. Beim Vorbeifahren hinterlässt er einen beißenden Geruch nach Buttersäure.

Der Rentner hat die Augen immer noch nicht geöffnet. Ich betrachte ihn etwas genauer. An der Seite läuft eine dunkle Spur den Schädel herab.

Plötzlich weiß ich, dass der Mann mit dem Hammer schon vor einiger Zeit vorbeigekommen ist. Und der alte Mann dort ist tot. Im Vorbeifahren mit dem Hammer erschlagen. Es gibt überhaupt keinen Zweifel. Das Baby hat es bemerkt. Babys haben ein Gespür für Tote. Ich stehe langsam auf und nähere mich dem Rentner.

Es ist eindeutig. Der Kopf des Mannes ist weit zurückgelegt, so würde niemand sitzen, und dadurch ist das Blut hinter die Bank getropft, und keiner hat es bemerkt. Ich weiß nicht, ob ich den Anblick einer eingeschlagenen Schädeldecke ertrage.

Ich stehe vor ihm. Kein Blut zu sehen. Die dunkle Spur an der Seite des Gesichts ist eine Haarsträhne. Aber er atmet nicht mehr. Seine Arme hängen schlaff herab. Wer weiß, wie lange der hier schon tot herumsitzt.

Ich muss mir für solche Fälle dringend ein Mobiltelefon anschaffen, damit ich die Polizei rufen kann. Wenn ich wenigstens etwas rot-weißes Absperrband bei mir hätte, ich würde die Fläche um die Bank abriegeln, damit keine Kinder mit der Leiche spielen, während ich eine Telefonzelle suche.

Ich beschließe zu warten, bis jemand vorbeikommt, den ich beauftragen kann, die Polizei zu rufen.

Ich beuge mich über die Leiche, um die Kopfverletzung zu entdecken. In diesem Moment grunzt der Tote und öffnet die Augen. »Hilfe, was wollen Sie?«

Ich weiche zurück. »Oh, Entschuldigung, ich dachte, Sie wären tot.«

Er sieht mich entsetzt an, und ich beeile mich zu erklären: »Es ist wegen des Mannes mit dem Hammer. Man hört so viel. Und ich dachte, es hätte ja sein können, also, es sah so aus, wie Sie da so reglos auf der Bank saßen, da dachte ich, mein Gott, verstehen Sie?«

Er steht auf, sieht mich misstrauisch an, prüft den Inhalt seiner Taschen.

»Ich wollte schon die Polizei rufen«, erkläre ich weiter. »Sie machten wirklich den Eindruck, als ... also, es sah so aus, ehrlich.«

»Schon gut. Ich bin eingeschlafen. Sie haben ja recht, es ist gefährlich. Ich habe nicht daran gedacht. Gerade hier.« Er zeigt auf ein Gebüsch.

»Was war hier?«

»Eine Frau. Erschlagen.« Er durchforstet immer noch seine Mantel- und Jackentaschen. Dabei lässt er mich nicht aus den Augen, als fertige er bereits eine Beschreibung von mir an.

»Wann war das?«

»Letztes Jahr – oder ist es schon zwei Jahre her?«

»Wirklich?« Ich halte die Luft an, weil sich mein Bauch erneut meldet.

Er nickt. »Da fuhr er auch schon hier entlang, der Mann mit dem Hammer.«

»Sie haben ihn gesehen?«

Er stutzt bei der Durchsuchung seiner Sachen. »Wo ist mein ...« Doch dann hellt sich sein Gesicht auf. Meine Därme winden sich wieder.

»Wie sieht der Mann aus?« Ich spüre, dass ich ziemlich dringend eine Toilette aufsuchen muss. Ich stoppe die Beschreibung des alten Mannes und verabschiede mich. Ich entferne mich schnell, zu schnell, denn der Rentner beginnt noch einmal, misstrauisch seine Taschen abzuklopfen.

Ein altes Hausmittel wirkt sofort

»Bartzsch, bist du da?«

Sylvia kommt in der Mittagspause nach Hause. Sie ist Arzthelferin bei einem Internisten in der Wandsbeker Chaussee.

Ich höre sie durch die drei Zimmer unserer Wohnung laufen. Vorher haben wir am Dulsberg gewohnt, dort hatten wir zwar ein Zimmer mehr, aber dafür weniger Wohnfläche. Das Schlimmste aber war nicht die Enge, sondern die Geräuschkulisse in dem Haus aus den fünfziger Jahren. Man bekam das Leben der

Nachbarn ohrennah mit. Hier ist alles besser. Komfort der Siebziger.

»Bartzsch, ich muss dir was erzählen. Du glaubst es nicht. Wo bist du?«

Sie findet mich nicht, doch dann dämmert es ihr. »Bartzsch, bist du auf dem Klo?«

»Ich komme gleich.« Es geht mir besser. Ich blicke in den Spiegel und lasse mich von ihm belügen.

Sylvia kocht in der Küche Reis und ist unbestechlich. »Bartzsch, was ist mit deinem Hals?« Sie kommt näher, hat diesen Arztblick.

»Es ist nichts«, versuche ich abzuwehren. Sie dreht meinen Kopf.

»Rötungen. Auch im Gesicht«, diagnostiziert sie. »Mit wem hast du mich betrogen?«

»Kaffee und Kuchen.«

»Du bist ein Idiot.«

»Ja.«

»Und nun hast du gar keinen Hunger?«

»Nein.«

Sie dreht den Herd ab und stellt den Topf mit dem Reis in die Spüle. »Ich glaube«, sagt sie streng, »ich muss dich untersuchen.« Sie schiebt mich ins Schlafzimmer und befiehlt mir, mich auszuziehen. Sylvia ist eine starke Frau, und man tut besser, was sie verlangt. Dann geht es ihr nicht schnell genug, sie grinst, wirft mich rücklings aufs Bett und stürzt sich auf mich. Sie hat eine wunderbare Methode, mich nach den Symptomen einer Allergie zu untersuchen. Sie zieht nicht nur mich aus, sondern auch sich selbst.

Natürlich nur, um zu vergleichen, ob eventuelle Hautrötungen etwa auch bei ihr zu finden sind, also ganz normal zu erhitzten Körpern gehören und nicht zu Allergien. Mit ihren sachkundigen Händen tastet sie nach meinen empfindlichen Stellen.

»Halt still«, befiehlt sie, »dies ist eine Untersuchung.«

Ich versuche, ein braver Patient zu sein, obwohl ihre Inspektion diesmal unter der dunklen Bettdecke stattfindet. Wenn sie alles getestet hat, kommt ihre Heilmethode. Meist beginnt es damit, dass sie sich eines meiner Ohren vornimmt und daran knabbert. Es geht dann immer so weiter, wie es sich jeder vorstellen kann, denn ihre Behandlung ist ein altes Hausmittel, und am Ende bin ich vollständig geheilt. Wenigstens für den Moment.

Sylvia schreckt plötzlich hoch. In der Eile hatten wir vergessen, das Zelt zu schließen. Dazu muss man wissen, dass unser Bett ganz und gar von einem Zelt aus einer annähernd luftdichten Folie umhüllt ist, um weitgehend Staub, Pollen, Milben und Ähnliches abzuhalten, eben alles, was meine Allergien auslösen könnte. Frischluft kommt durch Kohlefilter herein. Zusätzlich läuft drinnen Tag und Nacht ein Luftreiniger. Die gesamte Konstruktion ist meine eigene Erfindung. Sie hat sich gegen mein Asthma bewährt. Schon zwei Jahre lang bin ich nicht mehr mit Blaulicht und Erstickungsanfällen ins Krankenhaus eingeliefert worden.

Sylvia springt auf, verschließt das Zelt und kommt

wieder in meine Arme. Sie kichert in sich hinein. »Weißt du, was ich vorhin im Park gesehen habe? Du wirst es nicht glauben. Ich kannte so was nur von Erzählungen.«

»Nun sag es schon.«

»Ein Kerl. Er stand im Gebüsch, und als ich mit dem Fahrrad vorbeifahre, da zieht er seine Jogginghose runter.«

»Ein Exhibitionist?« Mir kommt ein Verdacht. »Hatte er einen Hammer?«

»Nur ein bisschen, nicht so richtig.«

»Ich meine einen richtigen, einen aus Eisen.«

Sie stöhnt. »Oh, ihr Männer, euch geht es auch nur darum.«

»Ich meine doch, ob es der Mann mit dem Hammer war!«

Wir bekommen beide einen Lachanfall.

»Nein, keinen Hammer aus Eisen«, japst Sylvia schließlich.

»Und was hast du getan?«

»Ich habe gelacht und bin weitergefahren.«

»Der arme Kerl. Ich glaube, du hast ihm sein Vergnügen genommen.«

Sylvia wird ernst. »Hat es da vor zwei Jahren an der Wandse nicht mal eine Vergewaltigung gegeben?«

»Exhibitionisten vergewaltigen nicht, die sind harmlos, die wollen nur zeigen.«

»Und was macht der Mann mit dem Hammer?«

»Ich werde es herausfinden.« Ich berichte Sylvia alles, was ich von den Nachbarinnen erfahren habe und dass ich wieder Detektiv spielen will. Die Geschichte mit dem Rentner auf der Bank lasse ich aus. Sie ist mir peinlich.

Sylvia ist vor allem über den sportlichen Teil begeistert. »Du brauchst ein Fahrrad«, sagt sie, »damit kannst du die ganze Wandse entlangfahren. Von der Quelle bis zur Alster. Ich lasse dir meines da.«

»Wo ist überhaupt die Quelle?«

»Das kannst du ja auch gleich herausfinden.«

Ich ziehe die Bettdecke über den Kopf. »Sylvia?«

»Ja.«

»Ich glaube, ich bin schon wieder ganz krank, könntest du mich noch einmal untersuchen?«

Sie schubst mich zur Seite, springt aus dem Bett. »Zu spät. Ich muss ja jetzt zu Fuß zurück in die Praxis.«

»Komm, du kannst das Fahrrad doch heute noch behalten.«

Ich bettle. Alles, was ich bekomme, ist ein flüchtiger Kuss.

Wenn ich mich bewege, bin ich tot

Ich bin Besitzer eines patentgefalteten Stadtplans. Es müsste doch einfach sein, dem Verlauf der Wandse darin zu folgen. Ich weiß nicht, warum ich immer wieder beim Umblättern im falschen Kartenausschnitt lande und der richtige Ausschnitt sich nicht öffnen will. Ich falte hin und her, trenne schließlich

Kartenteile auf und versuche entnervt, den Plan ganz auseinanderzuziehen, wobei er an einer Stelle zerreißt, immer noch nicht plan ist, ich noch an einem Stück ziehe und plötzlich drei Teile in meinen Händen halte. Wütend knülle ich alles zusammen und stoße einen Urschrei aus. Schon als ich ihn das erste Mal benutzt habe, ist es mir nicht gelungen, ihn korrekt wieder zusammenzufalten. Ich weiß, dass damit das Verhängnis begann, dessen Folgen mich nun einen Beruhigungstee kochen lassen.

Ich beruhige mich, bevor der Tee fertig ist, und hole den alten Atlas für Hamburger Schulen hervor. Die Kartenzeichner waren sich nicht ganz einig, mal entspringt die Wandse zwischen Stapelfeld und Braak, mal kommt sie direkt aus den Häusern im Dorf Siek, und bevor sie in die Außenalster mündet, heißt sie einfach Eilbekkanal. Es scheint, die Wandsbeker haben 1938 nicht nur ihre Eigenständigkeit als Stadt verloren, sondern auch ihren Fluss.

Die Erforschung der Wandsequelle hebe ich mir für einen Sonntagsausflug mit Sylvia auf. Ich schwinge mich auf ihr Fahrrad. Die Hefefabrik gibt keinen Hefegeruch mehr ab, die Wolken sind weg, und die Frühjahrssonne beginnt, alles zu trocknen. Ich muss mich beeilen, bald wird die Luft vor lauter Blütenstaub für einen an Heuschnupfen Leidenden wieder knapp werden. Unten an der Wandsbeker Allee gucke ich im Vorbeifahren von der Brücke in die schmale Kerbe, in der die Wandse fließen darf. Aber erst als ich an der Bank des »toten« Rentners vorbeifahre, dringt mir das Bild vom Grund des Bachs an der Brücke ins Bewusstsein: Da lag ein Hammer! Ich bremse, schwinge das Rad herum und fahre zurück. Da ist er. Es ist kein Hammer. Ein Stock und ein Stein liegen im Wasser so zusammen, als wären sie einer. Es fängt gut an, erst der vermeintlich Tote auf der Bank und jetzt das. Wenn ich nicht aufpasse, sehe ich überall nur noch Hämmer und Leichen.

Ich fahre weiter die Wandse entlang, auf der anderen Seite liegen die großen Tanks der Hefefabrik. Wer weiß, was dort außerdem produziert wird. Man riecht nichts. Es sind keine Spaziergänger unterwegs. Ein paar eilige Radfahrer überholen mich. Alle ohne Hammer. Links ein Spielplatz. Keine Kinder, keine Mütter. Rechts ein Wehr. Die Wandse fließt eine schräge Mauer hinunter. Der Müll bleibt oben hängen. Kein Mensch auf den Bänken. Ich fahre weiter und halte nach Menschen Ausschau, die ich befragen kann. Der Mann mit dem Hammer scheint sie alle vertrieben zu haben. Vielleicht liegen sie erschlagen in den Büschen?

Ich überquere die Holzmühlenstraße. Eine Frau schiebt ein Fahrrad mit einem Kindersitz. Ein kleiner Junge kommt hinter einem Gebüsch hervor. Hat er gerade mit einer Leiche gespielt?

»Entschuldigen Sie.« Ich steige ab. »Ist Ihnen hier jemals ein Mann mit einem Hammer begegnet?«

Sie lacht. »Ach, der.«

»Wieso?«

»Na, von dem reden alle.«

»Genau.«

Sie legt den Kopf schief und betrachtet mich von oben bis unten. »Sie könnten es sein.«

»Ich? Sieht er aus wie ich?«

»Ich habe ihn noch nie gesehen. Ich kenne ihn nur aus Beschreibungen. Von den anderen Müttern aus dem Kindergarten.« Sie zeigt auf den Backsteinbau der Kreuzkirche. Dahinter liegt der Kindergarten.

»Glauben Sie, ich finde da jemanden, der mir mehr über den Mann sagen kann?«

»Nee, ist schon Schluss.« Sie hebt ihren Sohn in den Kindersitz. Sie will losfahren. »Wissen Sie, ich glaube, den Hammermann, den gibt es gar nicht.«

»Papa«, sagt ihr Sohn. »Papa macht das mit dem Hammer.«

»Dann ist ja alles klar.«

Ich winke und fahre weiter.

Die beiden blauen Stahlplastiken vor der Kirche sehen aus, als wären sie Warnsignale vor dem Hammermörder.

Rechts vom Weg liegt das Eichtalrestaurant, wahrscheinlich war das mal ein Mühlengebäude, denn direkt daneben ist wieder ein Wehr. Hier staut sich die Wandse hintereinander zu zwei Teichen. Acht Wassermühlen hat es entlang der Wandse mal gegeben. Das ist lange her.

Auf der großen Wiese stehen ein paar Hundebesitzer. Einer der Schäferhunde sieht mich, bellt, dann löst er sich aus der Gruppe, rast geradewegs auf mich zu. Sein Besitzer ruft ihn zurück, schreit, aber der

Hund hört nicht, der hat mich genau im Visier, galoppiert immer schneller auf mich zu. Sein Herrchen rennt hinter ihm her, brüllt sinnlose Befehle wie »Sitz! Hierher! Platz! Bei Fuß!«. Vielleicht gelten sie mir? Was mach ich bloß? Weiß der Köter nicht, dass mich als Allergiker allein seine Haare umbringen können? Ich sehe das Weiße seiner Augen und seiner Zähne. Ich steige vom Rad und halte es als Schutz vor mich. Wenn der mich anspringt, nützt auch das nichts. Kurz bevor er mich erreicht, werfe ich ihm das Fahrrad entgegen. Im gleichen Augenblick stoppt er. Sein heiseres Gebell ist pure Wut. Und ich weiß, wenn ich mich bewege, bin ich tot. Halsschlagader durchgebissen. Gesicht bis zur Unkenntlichkeit zerfleischt.

»Hau ab, du Scheißköter! Verschwinde, du altes Mistvieh!« Ich mache mir Mut. Wenn er springt, ramme ich ihm mein Knie in den Unterleib.

Der Hundebesitzer kommt heran, fällt in das Gebell seines Hundes mit ein, schnauzt mich an: »Sie spinnen wohl!«

Er zieht dem Hund die Leine über den Rücken. Das Tier jault und ist still, drückt sich an die Beine seines Herrn und setzt sich auf dessen Schuhe.

Der Mann hat die Leine noch in der erhobenen Hand. Jetzt kriege ich bestimmt auch noch ein paar übergezogen. »Sie ticken wohl nicht richtig«, schnauzt er mich an. »Wenn hier einer scheiße ist, dann sind Sie das und nicht mein Hund!«

Der Hund duckt sich, er sieht die Sache wohl anders.

»Na, Sie sind gut, Ihre Töle stürzt sich auf mich. Nehmen Sie den mal an die Leine. Der ist ein Mordwerkzeug.«

»Töle? Ich höre wohl nicht recht! Sie wollen wohl ein paar auf die Schnauze haben.« Er macht einen Schritt auf mich zu.

Ich weiche zurück. »Was habe ich denn gemacht? Ihr Köter ist es doch, der auf mich losgegangen ist.«

»Köter?« Er boxt nach mir, trifft mich nicht. »Wenn Sie noch einmal Köter sagen! Sie spinnen wohl. Sie haben meinen Harras provoziert! So ist das doch!«

»Ich bin hier ganz normal ...«

»Sie sind abgestiegen, haben ihn gereizt und beschimpft. Sie wollten mit dem Fahrrad auf ihn los. Das kann hier jeder bezeugen.«

Die anderen Hunde beginnen wie zur Bestätigung zu bellen und ziehen ihre Besitzer an den Leinen hinter sich her. Sie wollen mein Blut. Auch Harras kläfft und knurrt wieder. Die wütende Meute kommt immer näher.

»Halten Sie bloß Ihren Köter fest.« Ich werde in den Teich springen müssen, um mich zu retten. Ich steige aufs Rad. Harras schnappt nach mir. Nur die dünne Leine hält ihn noch vom Morden ab. Ich spüre das Kribbeln in der Nase, und schon entlädt sich ein doppelter Nieser. Auf einen Schlag herrscht Ruhe. Die Hunde weichen zurück. Ich fahre los, kann aber kaum etwas sehen, weil ich immer wieder niesen muss, mir das Wasser in die Augen steigt und der Rotz aus der Nase läuft. Ich fahre über die kleine Brücke zwischen den Teichen zur Ahrensburger Straße hoch, bloß weg von den Hundehaaren. Dann halte ich an, hole mein Taschentuch hervor. Das ganze Gesicht juckt, die Augen tränen. Moment mal, ist da nicht eben ein Mann auf einem Fahrrad an mir vorbeigefahren, an dessen Seite ein Hammer baumelte?

Falltüren, Giftpfeile und Totenköpfe

So sehr ich in die Pedale trete, ich kann ihn nicht einholen. Mir fehlt die Luft. Und er hat ein rotes Rennrad. Haben nicht alle Zeugen von einem alten schwarzen Rad gesprochen? Also war es der Falsche.

Ich fahre gemächlich bis zum Ölmühlenweg und biege dort wieder in den Park entlang der Wandse ein. Hier war früher mal ein Freibad. Von den Schwimmbecken sind zwei Teiche übriggeblieben. Die Wandse wird hier breiter und hat Inseln. Auf der anderen Seite schwingt sich ein richtiger kleiner Berg in die Höhe. Die Wandsbeker Schweiz. Stilgerecht weht dort oben auf dem Hügel hinter den Bäumen eine rote Fahne mit weißem Kreuz. Es ist die Residenz des Schweizerischen Generalkonsulats.

Zwei Jogger überholen mich. Den einen kenne ich aus dem Fernsehen. Es sind Boxer aus dem Universum-Boxstall. Auch ganz in der Nähe. Drei Frauen kommen mir mit kleinen Hunden entgegen. Ich steige ab und warte, bis sie heran sind. Die Hunde interessieren sich nicht für mich. Sie haben die Nasen am

Boden und folgen hintereinander einer unsichtbaren Blutspur.

Die Frauen lachen. Klar kennen sie den Mann mit dem Hammer. Eine weiß sogar genau, wo er wohnt. Sie beschreibt es mir. Es ist nicht weit. Ein Einfamilienhaus in einer kleinen Straße. Ich soll nicht klingeln, sondern gleich in den Hof gehen. Er sei immer hinten am basteln.

Ich schwinge mich wieder auf das Rad. Es ist so, wie die Frau gesagt hat. Es macht keiner auf. Ich gehe ums Haus herum. Hinten steht ein kleiner Anhänger voller Sand. Eine Treppe am Haus führt in den Keller. Die Tür steht offen.

»Hallo, ist da jemand?«

»Wer ist da?«, tönt es dumpf zurück. Dann kommt ein kräftiger, etwa fünfzigjähriger Mann in einem schwarzen verdreckten Arbeitsanzug zum Vorschein. Er hält einen Spaten wie eine Waffe in beiden Händen.

»Sind Sie der Mann mit dem Hammer?«, frage ich.

»Kommen Sie wegen der Leiche?«

»Nicht direkt. Welche Leiche?«

»Sind Sie von der Polizei?«

»Nicht direkt. Welche Leiche?«

»Na, da am Kuhmühlenteich haben die doch eine Leiche gefunden. Mit einem Hammer erschlagen.«

»Wann war das?«

»Tja, wann war das? Das dürfen Sie mich jetzt nicht fragen.«

»Und waren Sie das?«

»Klar, ich fahre immer durch die Gegend und haue den Leuten mit dem Hammer auf den Kopf.« Er grinst, schüttelt den Kopf. »Tut mir leid, aber ich war es nicht.«

»Die Leute sagen, Sie wären der Mann mit dem Hammer.«

Er lacht. Er sieht wirklich nicht wie ein Mörder aus. Andererseits frage ich mich, was er da gerade in seinem Keller vergräbt. Das kann doch nur eine Leiche sein. Er erklärt, dass er eine Zeit lang immer einen Vorschlaghammer von seiner Arbeit mit nach Hause genommen hat, um eine Mauer abzureißen. Er arbeitet im Industriegebiet an der Rahlau und nimmt für die Strecke das Fahrrad.

»Wissen Sie, der Mann, den Sie suchen, der fährt die Wandse entlang, morgens stadtauswärts und abends stadteinwärts. Ich kreuze die Wandse nur. Den Hammermann habe ich schon mehrmals gesehen. So ein dicker Kerl, auf einem schwarzen Fahrrad. Ein Irrer, sage ich Ihnen. Vor dem muss man sich in Acht nehmen.«

»Und was machen Sie da im Keller?«

Er winkt mir, ich soll mit ihm hinunterkommen. Zögernd folge ich. Ich bin nicht besonders mutig.

Andererseits glaube ich nicht, dass er der Mann ist, den ich suche, aber in einer Großstadt laufen immer eine ganze Reihe Mörder durch die Gegend, wenn man den Boulevardblättern glauben darf. Was die gewöhnlich verschweigen, ist, dass Mörder und

Opfer sich meist lange vorher kennen, oft sogar verwandt sind. Theoretisch bin ich also ziemlich sicher.

Der Keller ist gar kein Keller, sondern eine Art Bergwerk. Überall Holzstützen und ins Erdreich gegrabene Gänge. An losen Kabeln hängen vergitterte Lampen. Der Mann ist verschwunden. Er ruft mich von weiter hinten. Vorsichtig folge ich, immer auf der Hut vor Falltüren, Giftpfeilen und Totenköpfen. Der krumme Gang öffnet sich zu einer fast rechteckig ausgeschachteten Höhle. Hier steht er und hat eine Lampe auf einen Mauerrest gerichtet.

»Was machen Sie? Graben Sie nach einem Schatz?«

»Das ist die Mauer, die ich hier gefunden und abgetragen habe.«

»Was war das?«

»Vielleicht ein alter Brunnen.«

»Und was wird das alles?«

»Wissen Sie, das Haus hatte keinen Keller. Brauche ich eigentlich auch gar nicht. Bin ja allein. Aber nachdem meine Eltern gestorben waren, ich alle Spielfilme im Fernsehen schon kannte und schließlich sogar den Verlauf und das Ende jeder Fernsehsendung voraussagen konnte, da habe ich angefangen, das Haus zu unterhöhlen. Kann ja nicht schaden, wenn ein Haus einen Keller hat. Inzwischen hat es zwei.«

»Zwei?«

»Zwei Kelleretagen.«

»Sie meinen, hier ist noch ein Keller unter dem Keller?«

Er nickt. Ich versuche, mich so leicht wie möglich zu machen. »Es bricht nicht ein?«

»Alles abgestützt.«

Ich gehe langsam zurück. Ich muss hier lebend raus. Er folgt mir. »Aber was haben Sie mit der Erde gemacht?«

»Immer auf den Hänger geladen und dann nachts rausgefahren. Soll ja keiner wissen, was ich hier mache, sonst kommen noch die Behördenheinis.«

Erleichtert stehe ich wieder auf dem Hof.

»Haben Sie keine Angst, dass es zusammenbricht? Das ganze Haus könnte doch ...«

Er zuckt mit den Schultern. »Was soll ich denn machen? Ich hab doch nichts zu tun. Und eine Frau kriege ich nicht mehr.«

Ich brauche mein tägliches Quantum

Das Bild des Mannes mit dem Hammer vervollständigt sich. Alle, die ihn gesehen haben, reden von einem schwarzen Fahrrad. Auch Lenker, Felgen und sogar die Speichen müssen schwarz angemalt sein. Die Beschreibung der Figur des Mannes schwankt wie die Form seines Hammers von sehr lang bis kurz und dick. Eine blaue Jacke und eine dunkle Pudelmütze kommen oft vor. Die stechenden Augen und den finsteren Gesichtsausdruck nehme ich nicht so ernst, beides soll natürlich seine Gefährlichkeit unterstreichen. Die präzisesten Angaben liefert mir auf der Rückfahrt ein Mann in einem Bundeswehrparka beim Botanischen Garten hinter der ehemaligen Ölmühle. Auf einer Bank hat er seinen Biervorrat in einer Plastiktüte abgelegt. Zu seinen Füßen findet sich eine Ansammlung von Kippen, denn er raucht Kette. Beim Erzählen geht er mit kleinen Schritten immer hin und her und vor und zurück, als hätte er es eilig.

Gleich zu Beginn unseres Gesprächs hat er mir auch eine Dose angeboten, aber jetzt ist er wohl froh, dass ich sein Angebot nicht angenommen habe, denn nun holt er seine dritte und letzte Bierdose aus der Tüte. Er lächelt und prostet mir zu. Er trinkt die Dose in einem Zug halb aus, dann kommt er einen Schritt näher und senkt seine Stimme.

»Wissen Sie, zu Hause darf ich nicht. Aber ich brauche mein tägliches Quantum.«

»Ihre Frau?«

Er nickt. »Wenn ich wieder anfange zu saufen, verlässt sie mich, hat sie gesagt. Sie teilt mir täglich nur ein Bier zu. Zur Tagesschau. Davon kann ich nicht leben.«

»Und mit den Zigaretten ist es genauso?«

»Nicht ganz. Sie mag es nicht, wenn ich rauche. Aber ich kann auf den Balkon gehen. Nee, es ist eher wegen des Bieres. Ich kann es nicht so schnell trinken ohne Zigaretten.«

»Und riecht sie es nicht: das Bier?«

Er lacht, gräbt mit der Hand in der Tasche seines Parkas und kommt mit einer grünen Flasche wieder hervor. »Den letzten Schluck nehme ich daraus.«

»Was ist das?«

»Parfüm.«

Er lässt mich daran riechen. Dann packt er seine Tüte, knüllt sie zusammen und wirft sie zu den leeren Dosen in den Papierkorb. Er blickt zur Uhr. »Ich muss los.«

Ich hebe die Hand, winke ihm nach, da kommt er noch einmal zurück. »Der Mann, der mit dem Hammer. Ich glaube, der wohnt irgendwo bei der Kuhmühle. Da habe ich ihn mal gesehen, vom Auto aus.«

»Könnte es nicht sein, dass er dort arbeitet und am anderen Ende irgendwo in Rahlstedt wohnt?«

»Meinen Sie, der arbeitet?« Er grinst. »Das ist doch einer von uns, wenn Sie mich fragen, zu jung zum Sterben, zu alt zum Arbeiten.« Er kratzt sich den Kopf. »Einmal habe ich ihn allerdings auch mit einem Spaten über der Schulter gesehen.«

»In welche Richtung fuhr er da?«

»Keine Ahnung. Ich meine nur wegen der Verbrechen.«

»Welcher?«

»Der muss die Frauen doch hier irgendwo entlang der Wandse gut vergraben, sonst würde man doch mal was hören, von so einem Leichenfund.«

»Sie meinen, der bringt Frauen um?«

»Das wollen wir doch wohl hoffen.« Er grinst.

Ich steige auf die Pedale und verabschiede mich. Ein alter Mann kommt mir entgegen und bleibt erschrocken stehen. Zwei Frauen mit Einkaufstüten weichen angstvoll aus. Ein kleines Mädchen läuft schreiend in die Arme seiner Mutter. Was ist plötzlich los? Bin ich der Mann mit dem Hammer? Ich schaue an mir herunter. Ich sehe aus wie immer. Vielleicht ist es meine rote Allergikernase, mein leicht röchelnder Asthma-Atem oder das Mondgesicht vom jahrelangen Kortisongebrauch. Ich weiß, dass ich manchmal zum Fürchten bin.

Keinen Kuchen mehr

Kaum ist Sylvia zur Arbeit gegangen, steht Frau Heuer vor der Tür. Sie atmet schwer. Gerade will ich fragen, ob sie auch zur immer größer werdenden Asthma-Gemeinde gehört, da stöhnt sie: »Die Treppen sind nichts für eine alte Frau.«

Sie reckt den Kopf, guckt an mir vorbei in die Wohnung. »Ist sie weg?«, fragt sie, als wäre sie meine Geliebte. »Sie war gestern noch bei mir und hat geschimpft. Tut mir leid, aber ich darf Ihnen keinen Kaffee mehr anbieten. Und dann hat sie mir noch genau beschrieben, welche Zutaten ich nicht mehr in den Kuchen tun darf.«

»Sie ist immer sehr besorgt um mich.«

Frau Heuer zieht eine Zeitung unter dem Arm hervor, wedelt damit. »Er hat wieder zugeschlagen, der Mann mit dem Hammer.«

Ich bitte sie herein. Wir setzen uns an den Küchentisch.

»Tee?«

Sie schnüffelt, rümpft die Nase.

»Eisenkraut«, ergänze ich und hebe den Deckel der Kanne.

»Das kann man trinken? Liegt das nicht viel zu schwer im Magen?« Sie legt mir die Hand auf den Arm und zwinkert mit den Augen. »Wollen wir runter zu mir und eine Tasse Kaffee …« Ich sehe, wie ihr Hörner auf der Stirn wachsen. Dann schlägt sie die Zeitung auf und schiebt sie mir hin. Sie hat zwei kleine Meldungen angestrichen. Über der ersten steht: Parkschaden. Sechs Autos, verbotswidrig an der Kuhmühle auf dem Radfahrweg abgestellt, sind von einem unbekannten Radfahrer demoliert worden.

»Garantiert mit einem Hammer«, ergänzt Frau Heuer.

Ich lese den zweiten Artikel: »Handtaschenraub. Rüstige Rentnerin wehrt sich erfolgreich gegen einen Räuber. In einem Park an der Wandse verteidigte sie ihre Handtasche mit Stockschlägen. Der Dieb ließ von ihr ab und flüchtete auf einem Fahrrad.«

»Das war ich«, ergänzt Frau Heuer stolz.

»Wirklich.«

»Aber sie haben vergessen zu schreiben, dass es der Mann mit dem Hammer war. Ich habe ihn der Polizei und dem jungen Mann von der Zeitung genau beschrieben.«

»Sie sind ihm begegnet?«

»Nein, ich habe ihn angerufen.«

»Sie haben die Telefonnummer von dem Mann mit dem Hammer?«

»Ach was, der war doch gar nicht da. Ich meine, ich habe die Zeitung angerufen und dann die Polizei.«

»Der Mann mit dem Hammer war gar nicht da?«

»Nein, ich habe das alles erfunden.«

Sie sieht mich spöttisch an. »Sie sind ein bisschen schwer von Begriff, Herr Bartzsch. Und Sie wollen Detektiv sein?«

Sie gießt sich doch etwas Tee ein. »Aber vielleicht sind Sie ja so was wie dieser Columbo im Fernsehen. Der stellt sich auch immer doof.« Sie trinkt und verzieht den Mund.

»Ist aber gesund«, sage ich.

»Sich doof stellen auch. Die Dummen leben länger.«

»Und wie alt waren Sie noch mal ...«

Ich weiß genau, dass sie bald neunzig wird. Sie droht mir mit dem Finger.

»Zurück zu den klugen Menschen, Herr Bartzsch. Ich sage es jetzt mal ganz langsam, damit auch Sie es verstehen: Es hat gar keinen Handtaschenräuber gegeben, Herr Bartzsch. Ich habe das alles erfunden, um mal ein bisschen Schwung in die Sache zu bringen, verstehen Sie? Und nun passiert das: Die lassen in ihrem Bericht den Mann mit dem Hammer einfach weg!«

»Die haben Ihnen nicht geglaubt.«

»Das habe ich anfangs auch gedacht.«

Sie beugt sich vor und kneift die Augen zu Schlitzen zusammen. »Aber ich bin ja nicht doof, mein lieber Herr Bartzsch.«

Sie lehnt sich wieder zurück, richtet sich auf und sieht triumphierend auf mich herab. »Es ist nämlich so: Wenn die Polizei jemanden sucht, der immer einen Hammer bei sich trägt, dann werden sie dieses Detail nicht veröffentlichen, sonst würde er ja sein Erkennungszeichen ablegen, und sie könnten ihn nicht mehr finden. So ist das nämlich, Herr Bartzsch. Und deshalb steht das nicht in der Zeitung.«

Sie verschränkt die Arme vor der Brust und wartet auf meine Bewunderung. Ich lasse sie warten, dann sage ich:

»Sie kommen ins Gefängnis!«

»Was?«

»Die Vortäuschung einer Straftat wird mit ebenso viel Jahren Gefängnis bestraft wie die Straftat selbst.«

»Ach was!« Sie wischt mit der flachen Hand alle Krümel von meinem Küchentisch. »Unsinn.«

Ich wiege bedenklich den Kopf. Sie steht auf. »Ungewöhnliche Situationen erfordern ungewöhnliche Maßnahmen.«

»Sagte der Mörder!«, ergänze ich.

Sie stößt die Luft aus und geht beleidigt zur Tür. »Schluss mit Kuchen.« Aber ich weiß, dass sie es nicht ernst meint. Unser ganzes Gespräch hat den Charakter eines Flirts.

»Übrigens, ich weiß, warum der Mann immer einen Hammer bei sich hat.«

Sie bleibt stehen.

»Er hat Angst.«

»Wovor?«

»Vor Frauen wie Ihnen.«

Ich grinse breit. Aber sie findet es nicht zum Lachen. »Sie haben recht, wenn alle Frauen wären wie ich, gäbe es solche Kerle gar nicht.«

Sie zeigt mit ihrem Finger auf mich.

»Keinen Kuchen mehr für mich?«, frage ich.

»Nicht bevor Sie den Hammermann gefunden haben.«

Es liegt was in der Luft

Es ist einer jener Tage, an denen es als Asthmatiker besser ist, sein Bronchospray immer bei sich zu haben. Kaum war Frau Heuer weg, schleuderte mich ein Niesanfall den Flur entlang. Jetzt sitzt ein ganzes Orchester in meinen Bronchien und stimmt sich ein. Es liegt was in der Luft.

Ich hole das Fahrrad aus dem Keller und beschließe, mich heute keiner besonderen Anstrengung auszusetzen. Es ist bewölkt, ziemlich windig. Leider sieht der Himmel nicht nach einem luftreinigenden Regen aus. Eher nach dem Beginn eines dieser Frühlingsstürme.

Gegen den Wind radle ich die Wandse entlang. Alle anderen Menschen sind gemütlich zu Hause geblieben, nur die Hundebesitzer mussten mal raus.

Vor dem Friedrichsberger Bahnhof gibt sich die Wandse noch idyllisch als Mühlenteich. Vor Ratten wird gewarnt. Danach fließt sie entlang des Eilbeker Krankenhauses, um am Ende die Form des Eilbekkanals anzunehmen. Eingemauert. Vielleicht Ausdruck zeitweiliger Feindschaft zwischen Wandsbek und Hamburg aus früheren Jahrhunderten. Oder auch Ausdruck guter Zusammenarbeit, denn der Eilbekkanal ist schiffbar. Hinter der Frohbotschaftskirche ist noch ein kleiner Anleger: der Wandsbeker Hafen?

Ich fahre auf der Seite der Uferstraße weiter. Vorbei an der Klinik Finkenau. Geburtsstätte vieler Hamburger. Vorbei an der Hochschule für bildende Künste. Geburtsstätte vieler Künstler. Auf der Strecke habe ich zwei Radfahrer, eine Frau mit Dackel und ein junges Mädchen mit Rucksack gezählt. Alle unverdächtig. Das heißt, das Mädchen hätte natürlich in ihrem Rucksack die Leichenteile ihres zersägten, weil treulosen Geliebten tragen können, um sie einzeln im Eilbekkanal zu versenken. Die beiden Radfahrer waren auf dem Weg zu einem Einbruch, und bei der Frau mit dem Dackel handelte es sich um eine steckbrieflich gesuchte Trickbetrügerin. Aber das darf mich jetzt nicht interessieren. Ich habe den Kuhmühlenteich erreicht und umrunde ihn, um endlich dem Mann mit dem Hammer zu begegnen. Bei der Kirche setze ich mich auf eine Bank, und nach zehn Minuten merke ich, es ist der falsche Platz. Die Radfahrer mit den Hämmern fahren auf der anderen Seite des Teiches entlang. Es waren schon eine ganze Reihe, während hier gerade mal zwei dünne Kunststudentinnen, identifizierbar an ihren großen schwarzen Mappen, vorbeigegangen sind.

Ich radle rüber und setze mich auf das Geländer entlang des Teiches. Die Radfahrer haben meinen Ortswechsel sofort spitzgekriegt und fahren jetzt prompt auf der anderen Seite. Alle haben ein schwarzes Rad und einen Hammer unter ihren blauen Jacken.

Es wird immer windiger und ungemütlicher. Ein richtiger Detektiv sollte seine Fälle bei diesem Wetter durch Nachdenken im Bett lösen und nicht, indem er frierend herumsteht und sich eine Erkältung holt. Ich schwinge mich auf den Sattel, und im gleichen Moment passiert das, wofür ich Fahrräder hasse: Die Kette springt ab. Ich lasse das Rad fallen und trete nach. Das hat es davon! Ich knurre und beschimpfe es. Wenn es nicht Sylvias Rad wäre, würde ich es jetzt in den Mühlenteich werfen und ein Taxi nach Hause nehmen. Pfeifend fährt ein anderer Radfahrer an mir vorbei. Ich sehe ihm wütend hinterher und entdecke, dass er ein vollkommen schwarzes Rad fährt, eine blaue Jacke trägt. Eine dunkelblaue Pudelmütze sitzt auf seinem Kopf, und im Gepäckträger klemmt ein Hammer.

»He, halt«, schreie ich, aber er ist schon zu weit in Richtung Wandsbek. Fieberhaft hebe ich das Rad hoch, lege die ölige Kette auf das vordere Zahnrad und drehe langsam die Pedale. Die Kette springt wieder herunter. So hat es keinen Sinn. Ich muss das Fahrrad herumdrehen. Mit den Rädern nach oben gelingt es mir beim zweiten Versuch, die Kette wieder aufzuziehen. Meine Hände sind voller Schmiere. Ich wische sie in einem Papiertaschentuch ab. Das Öl lässt sich nicht entfernen. Der Mann mit dem Hammer ist schon nicht mehr zu sehen.

Im Grunde müsste ich die Kette noch nachspannen, aber es gibt keine Werkzeugtasche. Ich fahre langsam, ohne großen Druck auf die Pedale, und weiche allen Unebenheiten aus, damit die Kette oben bleibt. Den Mann mit dem Hammer hole ich so nicht ein, den kann ich vergessen. Da hilft auch der Rückenwind nicht. Aber ich folge seiner Richtung, denn vielleicht fällt links oder rechts des Weges eine Leiche für mich ab. Es kann ja auch sein, dass er beim Niederhämmern von Passanten aufgehalten wird. Wer weiß.

Im Eichtalpark immer noch keine Spur. Er kann natürlich längst abgebogen sein. Ins Einkaufszentrum am Wandsbeker Markt. Mit dem Hammer einkaufen? Oder er besucht noch seine Tante auf dem Dulsberg. Ich merke, dass mir alle möglichen Ausflüchte einfallen, um nicht weiterzufahren, denn vor mir liegt die Hundewiese, und ich höre schon das Gebell.

Ich bin ein Feigling. Ich biege zur Ahrensburger Straße ab und hinter der Hundewiese wieder in den Park hinein. Kurz vor dem Ölmühlenweg sehe ich den Mann mit seinem Quantum bei einer Parkbank. Er schwenkt seine Bierdose und ruft: »Er ist vor fünf Minuten hier gewesen.«

Als ich vorbeifahre, winkt er mich durch wie bei einem Wettrennen. »Schneller, schneller«, skandiert er.

Ich kann nicht schneller. Auf Höhe des Freibades Ostende gebe ich atemlos auf. Ich eigne mich nicht für Verfolgungsjagden. Meine Bronchien röcheln. Ich eigne mich überhaupt nicht für lange Radtouren. Ich bin fix und fertig. Ich lasse mich auf eine Bank fallen und schließe die Augen. Es hat alles keinen Sinn. Ein schnaufendes Geräusch lässt mich erschrocken hochfahren. Ein Rauhaardackel schnüffelt an meiner Hose.

»Der tut nichts«, beruhigt mich lächelnd seine Besitzerin.

Ich will sie gerade aufklären, dass selbst Hunde, die nichts tun, mir eine Menge antun können, da fällt mir ein, dass sie den Mann mit dem Hammer gesehen haben könnte. Sie hat, mehr noch, sie weiß, wo er ist! Mit einer Armbewegung kreist sie das Kleingartengelände ein. »Da irgendwo hat der einen Garten. Ist ein unfreundlicher Kerl, nicht wahr, Susi?« Sie streichelt ihren Hund. »Den mögen wir nicht.« Sie wendet sich wieder mir zu. »Hunde haben ja ein Gespür für gute und böse Menschen. Meine Susi bellt ihn immer an. Recht hat sie.«

Ich schiebe das Rad die Wege durch die Kleingärten entlang.

Plötzlich pfeift jemand. Das Lied kenne ich, das höre ich heute schon zum zweiten Mal. Jetzt erinnere ich mich auch an den Text: »Es liegt was in der Luft, ein ganz besonderer Duft …« Ein alter Schlager. Die Melodie kommt hinter einer Gartenlaube hervor. An der Seite lehnt das schwarze Fahrrad.

Am Garteneingang steht auf einem handgemalten Schild: Jens Teetjen. Woher kenne ich bloß den Namen? Irgendein Unheil verbindet sich damit.

Die Pforte ist nicht abgeschlossen. Nur Mut, böse Menschen haben keine Lieder.

Immer in Amerika

»Hallo?« Es ist etwas zu zaghaft.

Er sticht den Spaten wuchtig in das Beet, hebt ihn samt einer schweren schwarzen Scholle in die Höhe, wendet ihn und lässt die Erde herabfallen. Er ist ein kräftiger Kerl mit breitem Brustkorb und rundem Gesicht, etwa vierzig Jahre alt. Zug um Zug arbeitet er sich von links nach rechts vor, nimmt dann die nächste Reihe, ohne mich zu bemerken. Er pfeift und arbeitet ununterbrochen.

Ich räuspere mich. »Hallo!« Es kommt etwas kräftiger.

Er dreht sich zu mir um, erschrickt und lässt den Spaten wie in Zeitlupe fallen, dann fasst er sich ans Ohr. Ein Hörgerät. Er fummelt, es pfeift. Er verzieht das Gesicht, legt den Kopf schräg.

»Ja?«, sagt er, ohne mich anzusehen. Er horcht eher in sich hinein. »Was wollen Sie?« Er hebt den Spaten auf, steckt ihn in das Beet und kommt einen Schritt auf mich zu.

»Es ist wegen des Hammers.« Ich weiche zurück.

Sein Mund öffnet sich langsam.

Ich ergänze schnell: »Wegen des Hammers, den Sie immer bei sich haben.«

»Ja, was?«

»Ich meine, warum?«

»Was?«

»Warum haben Sie ihn immer bei sich?«

»Wer will das wissen?«

»Alle.«

Er murmelt vor sich hin, geht zurück zu seinem Beet, packt den Spaten, zieht ihn aus der Erde und steckt ihn mit Schwung wieder hinein.

»Und? Was ist?«, frage ich laut.

»Geht niemanden was an.«

»Aber die Leute haben Angst vor Ihnen.«

»Ist auch gut so.«

Er gräbt weiter, und ich gehe um das Beet herum, bis ich ihm gegenüberstehe. »Eine Frau in meinem Haus wagt sich schon gar nicht mehr in den Park. Sie glaubt, Sie seien ein Verbrecher. Jetzt will sie nur noch mit einem geladenen Revolver spazieren gehen.«

Er lacht. Nach einer Weile schüttelt er den Kopf und hört auf, das Beet zu bearbeiten. »Sagen Sie ihr, sie muss keine Angst haben. Ich tue ihr nichts.« Er hebt ein Hosenbein hoch, und darunter wird ein bleiches Bein mit einer langen Narbe sichtbar. »Sehen Sie, das ist der Grund.«

»Was ist das?«

»Ein Hundebiss. Zweimal bin ich schon gebissen worden. Die Biester fallen mich immer an. Ich weiß nicht, warum.«

Er lässt das Hosenbein los, reibt sich die Hände. »Wissen Sie, ich war ziemlich krank, seitdem reagiere ich langsamer. Die Nerven. Und ich höre nicht gut. Ein Ohr ist ganz taub. Ich weiß nie genau, woher ein Geräusch kommt. Und wenn ich es weiß, hängt der Köter schon an meinem Bein oder reißt mich vom Fahrrad. Der Hammer ist nur zu meiner Sicherheit. Er ist wie ein Pendel und gleicht aus, was mir an Reaktionsfähigkeit fehlt.«

»Sie wehren sich damit gegen die Hunde?«

»Ja, sagte ich doch. Damit ich ihnen gegenüber nicht im Nachteil bin.«

»Sie schlagen damit zu?«

»Bis jetzt noch nicht, aber wenn es mal sein muss.« Er kommt ein Stück auf mich zu und senkt die Stimme. »Wissen Sie, es ist mir ganz recht, dass alle Angst haben. Ich kann mich nur schlecht wehren. Jeder könnte mich verprügeln und hätte genug Zeit zu verschwinden. Es dauert einfach zu lange, bis ich reagiere. Es ist die Nervenleitgeschwindigkeit. Sie ist bei mir geringer als bei einem normalen Menschen. So hat es mir ein Arzt erklärt. Es ist, als wenn Sie von Amerika aus telefonieren. Es dauert eine Weile, bis es hier ankommt.«

Er geht zurück zu seinem Beet und greift nach dem Spaten. »Ich wohne in St. Georg und fahre jeden Tag mit dem Fahrrad zu meinem Garten. Seitdem ich den Hammer dabeihabe, kuschen die Hunde.«

Er beginnt wieder, rhythmisch zu graben. »Also, sagen Sie der Frau aus Ihrem Haus, sie kann ganz beruhigt sein.« Er lacht. »Ich kann ihr gar nichts tun. Ich bin immer in Amerika. Und bis ich Anschluss habe, kann sie mich zweimal erschießen.«

Der Rückweg raubt mir alle Kräfte. Der Wind hat zugenommen und bläst mir entgegen. Er wächst sich zu einem Sturm aus. Ich überlege, das Fahrrad stehen zu lassen und mit dem Bus zu fahren. Aber Sylvia würde sauer sein, wenn ich es nicht zurückbringe. Ich werde mich erkälten, und das ist für einen Asthmatiker immer eine kleine Katastrophe. Und alles nur wegen eines Mannes, der vor lauter Angst selbst Angst verbreitet. Jens Teetjen. Plötzlich weiß ich, woher ich den Namen kenne. Teetjen, so hieß der Henker aus Arnold Zweigs Buch *Das Beil von Wandsbek.*

Eine Welt voller Verbrechen

Auf Zehenspitzen schleiche ich an Frau Heuers Wohnungstür vorbei. Ich bin zu schwach und vom Wind zu ausgekühlt, um ihr jetzt zu berichten. Vorsorglich bereite ich mir einen Erkältungstee, Sylvias Spezialmischung. Dann lasse ich Wasser in die Badewanne und gieße Sylvias Melissenöl hinein. Nach zehn Minuten im heißen Bad werde ich so müde, dass ich mich ins Bett schleppe. Aber seltsam, ich schlafe nicht ein, sondern es gehen mir alle berühmten Wandsbeker durch den Kopf. Angefangen vom Schlachtermeister Albert Teetjen, der als Aushilfshenker – auf Wunsch von Reichsmarschall Göring – mit dem Beil die Köpfe von vier Kommunisten abschlug. Dann fällt mir Freiherr von Schimmelmann ein, dem die Hamburger ihre Unabhängigkeit von Dänemark verdanken und der mit seinen Schiffen Sklaven nach Amerika transportierte. Sein Mausoleum steht am Wandsbeker Markt, aber die wenigsten kennen es. Seine Frau hat Matthias Claudius unterstützt, den dritten berühmten Wandsbeker. Vielleicht hatten die beiden ein Verhältnis? Aber das ist bei dem gottgefälligen Leben des Dichters eigentlich unvorstellbar.

»Verschon uns, Gott! mit Strafen,
Und lass uns ruhig schlafen!
Und unseren kranken Nachbarn auch!«

Die zahlreichen Martinshörner von Polizei, Feuerwehr und Krankenwagen wecken mich. Überall in unserem Viertel scheinen sie unterwegs zu sein. Vielleicht geht gerade die Welt unter, auf jeden Fall scheint sie an diesem Abend voller Verbrechen, Unfälle und Feuersbrünste zu sein.

Sylvia kommt aus der Praxis, aber sie hat nichts bemerkt, sogar der Sturm hat sich gelegt. Ich berichte ihr von dem Mann mit dem Hammer. Ich versuche, ihn als harmlosen Kleingärtner hinzustellen.

Merkwürdigerweise wird meine Schilderung immer düsterer und mysteriöser, sodass Sylvia mich schließlich fragt, was der Mann denn in seinem Beet vergraben habe.

»Er ist harmlos, wirklich.«

»Und du glaubst ihm, dass er vor lauter Angst einen Hammer im Arm schwingt. Ich will dir was sagen, wenn ich Angst vor den Hunden hätte, würde ich gar nicht durch den Park fahren.«

Sylvia schaltet den Fernseher ein. Eine Zeit lang schauen wir einem langweiligen Kommissar zu, der einen irren Mörder sucht, dann wechseln wir das Programm und beobachten einen Mann, der mit einer Häckselmaschine eine Leiche zerstückelt. Wir schalten um und sehen zu, wie ein Mörder sein Opfer lebendig begräbt. Wir schalten weiter und schauen dem Treiben eines Mannes zu, der verängstigte Frauen durch das nächtliche London jagt, um sie schließlich umzubringen und in seinem Garten zu vergraben. Verzweifelt drücke ich auf die Fernbedienung und lande in der Pathologie, wo gerade ein Mordopfer seziert wird. Ich sehe Sylvia an, sie sieht mich an, wortlos schalten wir ab und gehen ins Bett.

Nachts schrecke ich durch ein Geräusch aus dem Schlaf hoch. Gerade noch sah ich eine blasse Hand aus dem Beet des Kleingärtners ragen. Ich mache Licht. Sylvia reibt sich die Augen. »Was ist los?«

»Ich glaube, ich habe einen Knall gehört. Einen Schuss.«

»Wahrscheinlich ein Auspuff auf der Straße. Eine Fehlzündung.«

»Es kam mir vor, als wäre es hier im Haus.«

Wir liegen wach und lauschen. Nichts rührt sich.

»Sylvia, sag mir nur eines, du als Krankenschwester musst es doch wissen, gibt es eine Krankheit, bei der sich die Nervenleitfähigkeit verringert?«

Sie nickt. Dann richtet sie sich auf. »Bartzsch, weißt du, was ich geträumt habe? Du musst da wieder hin in den Kleingarten, der hat da eine Frau vergraben.«

In diesem Augenblick gibt es einen zweiten dumpfen Knall. Wir sehen uns an und springen aus dem Bett. Sylvia schleicht zur Wohnungstür, öffnet sie und lauscht ins Treppenhaus.

»Das war ein Schuss«, flüstere ich.

Sylvia schüttelt den Kopf. »Da«, sagt sie. »Horch!« Irgendwo im Haus wird laut gelacht.

Vorkriegsqualität

Frau Heuer steht schon in ihrer geöffneten Wohnungstür. Sie hat die Arme in die Hüften gestemmt und blickt mich strafend an.

»Sie sind mir ein schöner Detektiv! Hinter Ihrem Rücken werden die Leute umgebracht.«

»Was ist los?«

»Haben Sie keine Zeitung?«

Nein, haben wir nicht. Ich lasse es mir nicht nehmen, die Zeitung am Kiosk zu holen. Für einen frühpensionierten Allergiker ist der Zeitschriftenhändler ein wichtiger Sozialkontakt.

Frau Heuer winkt mich mit knöchernem Zeigefinger in die Küche. Aus dem Backofen dampft es. Ich blicke durch die gläserne Sichtscheibe auf zwei Bleche voller Kuchen. Der obere ist gelblich, ich glaube, mit Früchten. Der untere muss mit Schokolade sein. Es duftet wunderbar. Auf der Arbeitsplatte stehen eine Reihe kleiner Flaschen und altertümlicher Packungen. »Was ist das? Zutaten für den Kuchen?«

»Mein Geheimnis. Aber Sie dürfen ja leider nichts mehr davon essen.«

»Vielleicht doch.«

Sie legt den Finger an die Lippen. »Was Sie da sehen, ist mein Erfolgsrezept. Backhilfen und Aromen. Echte Vorkriegsqualität. So etwas gibt es doch heute gar nicht mehr.«

»Und wo haben Sie das her?«

»Das habe ich im Krieg im Garten vergraben. Wir haben ja alles vergraben, wegen der Bomben. Und dann auch wegen der Russen. Wir dachten ja, die Russen würden kommen.«

»Sie wollen sagen, Ihre Zutaten sind fünfzig Jahre alt!«

»Älter.« Sie hebt eine kleine Flasche gegen das Licht. »Dieses Orangenaroma habe ich schon von meiner Mutter übernommen.«

»Toll«, lobe ich. Damit ist das Kuchenessen bei ihr wirklich für alle Zeiten erledigt.

Sie geht zum Küchentisch. Die Zeitung liegt ausgebreitet darauf. »Aber nun lesen Sie endlich!« Sie klopft auf einen Artikel. »Frau im Park erschlagen« lautet die Überschrift. Ich sehe Frau Heuer an und grinse: »Waren Sie das wieder? Jetzt gehen Sie aber zu weit.«

»Herr Bartzsch, ich bitte Sie, dies ist nun wirklich der letzte Beweis! Dieser Kerl mit dem Hammer hat wieder zugeschlagen!«

Ich lese weiter: »Grausige Entdeckung im Eichtalpark. Spaziergänger fanden gestern am späten Nachmittag die Leiche der 39-jährigen Maria P. Allem Anschein nach wurde die Frau mit einem stumpfen Gegenstand erschlagen, obwohl sie einen Hund bei sich hatte. Der Ehemann dachte sich nichts dabei, als der Hund allein zurückkam. Das Tier hatte sich schon öfter losgerissen. Die Polizei sucht Zeugen für die Zeit zwischen 17 und 18 Uhr. Vor allem Radfahrer sind in dem Park an der Wandse beobachtet worden.«

»Wo waren Sie eigentlich?«, fragt Frau Heuer vorwurfsvoll. »Ich habe Sie doch mit dem Rad wegfahren sehen.«

»Ich war pflichtgemäß auf der Suche nach dem Hammermann.«

»Sie hätten diesen Mord verhindern müssen! Eines sage ich Ihnen, das war das letzte Mal. Jetzt wird zurückgeschlagen. Der Kerl wird erschossen, bevor er noch mehr Unheil anrichtet.«

Sie greift in ihre Handtasche, holt den Revolver heraus und legt ihn auf die Zeitung.

Ich versuche, sie zu beruhigen, und erzähle ihr mein Abenteuer vom vergangenen Tag. Doch sie lässt sich nicht überzeugen, dass der Mann mit dem Hammer vollkommen harmlos ist. Sie tippt nur immer wieder auf den Zeitungsartikel. »Und was ist das?«

Sie nimmt den Revolver in die Hand. »Das ist die richtige Antwort. Kommen Sie mal mit.« Sie führt mich ins Wohnzimmer und zeigt auf die Standuhr. Das Holz und das Glas sind zerbrochen.

»Da sehen Sie.«

»Was ist passiert?«

»Sie funktioniert einwandfrei. Doris und ich haben letzte Nacht schon mal geübt.«

»Sie haben auf die Standuhr geschossen?«

»Verluste müssen in Kauf genommen werden.«

»Meine Güte, ein so alter Revolver hätte in Ihrer Hand explodieren können. Sie sind verrückt.«

»Keinen Schritt gehen wir mehr ohne ihn aus dem Haus. Soll keiner glauben, nur weil wir zwei alte Frauen sind, könnten wir uns nicht wehren. Dieser Mörder ist schon so gut wie tot!«

Ich blicke in den Lauf der Waffe. Vier Kugeln müssen noch drinnen sein. Vorkriegsqualität.

Der einzige Zeuge

Ich radle zum Tatort. Diesmal umgibt mich ein wunderbarer Kakaogeruch. Er hat seinen Ursprung in der Fabrik an der Neumann-Reichardt-Straße. Hinzu kommt der strahlend blaue Himmel. Mit dem Sturm sind alle Wolken verschwunden. Vor der Kreuzkirche tobt eine Gruppe kleiner Kinder auf dem Rasen. Hinter der Kirche Grabesstille.

Am Beginn der Hundewiese steht ein Notrufmelder. Die wussten schon, warum sie den hier aufgestellt haben. Aber er hat nichts genützt. Oben auf dem kleinen Hügel steht ein hölzerner Pilz zum Unterstellen. Ich war noch nie dort, weil das der Treffpunkt der Hundebesitzer ist. Doch diesmal scheinen keine da zu sein. Ich wage mich hinauf.

Um den Pilz herum stehen drei Bänke. Auf einer sitzt ein Mann mit Hund. Zum Glück ist das Vieh an der Leine. Der Mann blickt auf die Wiese. Unter einem Baum liegt ein Blumenstrauß.

Ich stelle das Rad ab und nähere mich langsam. Der Hund erhebt sich, aber der Mann ruft ihn zurück. Der Hund gehorcht nicht.

»War es da?« Ich zeige auf die Blumen.

Der Mann nickt. »Ich bin der Mörder.«

Die Schäferhundmischung schnuppert an meinem Hosenbein.

»Ist ja klar«, sage ich, »den Mörder zieht es bekanntlich immer an den Tatort zurück.«

»Die Polizei hat mich die halbe Nacht verhört.«

»Aber offensichtlich nicht verhaftet.«

»Ich bin der Ehemann.« Er lacht bitter. »Von Ehe war schon lange keine Rede mehr, das habe ich heute Morgen auch schon den Reportern gesagt. Die Alte hat mich ständig beklaut. Und wenn man sie suchte, brauchte man nur in den nächsten Spielsalon zu gehen. Da hat sie ihre Abende verbracht. Oft ist sie die ganze Nacht nicht nach Hause gekommen. Das war bestimmt einer ihrer Zockerfreunde. Aber die Polizei denkt, ich war es. Weil wir uns immer angebrüllt haben.«

Ich versuche, der Hundenase auszuweichen.

»Der tut nichts.«

»Das sagen alle.«

»Der hat ja nicht mal den Mörder …«

»Haben Sie die Blumen …«

»Nee, das waren die von der Zeitung. Die haben die Blumen gekauft und mir gegeben. Weil sich das auf dem Foto besser macht. Die haben mich hier an dieser Stelle fotografiert.«

Der Hund reibt sein Hinterteil an meinen Knien.

»Sitz! Platz!«, befiehlt sein Herr. Der Hund gehorcht nicht.

»Wissen Sie, was ich glaube, was die glauben?«

»Wer?« Ich gehe einen Schritt zurück, um aus dem Streubereich der Hundehaare zu gelangen.

»Die Polizei. Die denken, ich hab es getan, weil der Hund nichts getan hat. Aber der Köter tut niemandem was.«

Er steht auf. »Wissen Sie, ich will jetzt nichts Schlechtes mehr über Gabi sagen …«

»Den Hund?«

»Nee, meine Frau. Aber ehrlich, ich bin froh, dass die nicht mehr ist. So viel Geld, wie die verzockt hat, und überall Schulden. So viel kann einer allein gar nicht arbeiten, um das heranzuschaffen.« Er zieht den Hund hinter sich her. »Komm, Köter, wir gehen einschläfern.«

»Was wollen Sie?«

»Na, ich muss morgen wieder zur Arbeit, da kann ich den Hund nicht mitnehmen. Und genau genommen war es auch gar nicht meiner. War ihrer. Was soll ich also machen?«

»Warten Sie mal.«

»Wollen Sie ihn haben? Ich schenke Ihnen den.«

»Danke, aber ich reagiere allergisch auf Hundehaare.«

»Na, sehen Sie, was bleibt mir also.« Er geht den Hügel hinab. Ich hole das Rad und fahre hinter ihm her.

»Hören Sie mal, das können Sie nicht machen!«

»Was bleibt mir anderes? Ich gehe jetzt rüber zum Tierarzt.«

»Nein. Sie müssen ihn behalten. Er ist doch der einzige Zeuge.«

Er bleibt stehen, kratzt sich am Kopf. »Verdammt, Sie haben recht.«

Der Wurfhammer der Wikinger

Sein Fahrrad lehnt an einer Hecke im Garten. Aber der Hammer ist nicht auf dem Gepäckträger. Wahrscheinlich macht er ihn gerade sauber. Wegen der Blutspuren. Ich höre ihn in seiner Hütte rumoren und pfeifen.

Ich schleiche mich nach hinten zu dem Beet. Es ist fertig bearbeitet, und er hat schon etwas ausgesät. Ich bücke mich, um das Samentütchen zu lesen, das in der Mitte auf einem Zweig steckt. Rote Bete.

»Rote Bete, blutbildend«, sagt eine Stimme hinter mir.

Da steht er und hat einen schweren Hammer in der Hand.

»Hoffentlich kriegen wir nicht noch mal Frost.«

Er zuckt mit den Schultern. »Ich dachte schon, wer schleicht da in meinem Garten herum.«

»Tut mir leid, aber letzte Nacht habe ich geträumt, das Beet wäre ein Grab.«

»Ist es auch.« Er dreht sich um, geht zurück in seine Hütte. »Kaffee?«

»Nein, danke, ich reagiere allergisch darauf.«

Er lacht. »Das kenne ich. Überall rote Flecken.«

»Von was?«

»Wasser. Bei mir ist es das Wasser. Eigentlich kommt es von dem Chlor. Wenn ich mich dusche, geht's los. Badeanstalt ist schon mal gar nicht.«

Ich stehe staunend in seiner Hütte, die Wände hängen voller Hämmer. Er sieht meinen Blick und erklärt: »Na ja, und da habe ich angefangen, die Dinger zu sammeln. Das da ist ein Zimmermannshammer, und diese Reihe, die sind alle aus einer Schmiede. Das ist ein Fäustel von einem Klempner. Den Gummihammer habe ich von einem Mechaniker, ich weiß nicht, was man damit macht. Und der hier, kennen

Sie den? Der ist aus Holz für Drechslerarbeiten und so.« Er gießt Kaffee aus einer Thermoskanne in einen Blechbecher.

»Und wieso ist das Beet ein Grab?«

»Ich habe es drei Jahre nicht angerührt, das ist die Verwesungszeit. Und jetzt das erste Mal wieder Rote Bete.«

»Wer liegt darunter?«

»Kati. Rote Beten werden ihr recht sein.«

»Kati?«

»Meine Katze. War ein schönes Tier. Dreifarbig mit blauen Augen. Ist ganz selten. Eines Tages komme ich in den Garten, da liegt sie im Gras mit einer Drahtschlinge um den Hals. Das waren die von nebenan mit ihrem Vogeltick. Die spinnen ja. Nur weil Kati mal einen Spatz …« Er lacht und grunzt. »Haben Sie gesehen, dass es in meinem Garten keinen einzigen Vogel gibt?« Er steht auf, nimmt einen Hammer mit einem kurzen dicken Griff von der Wand und reicht ihn mir. »Ein Wurfhammer der Wikinger. Damit trifft man ganz genau. Selbst Vögel.« Er nimmt mir den Hammer wieder ab. »Kommen Sie mal mit.«

Ich folge ihm nach draußen.

»Gestern Nachmittag ist eine Frau im Eichtalpark erschlagen worden.«

»Ich weiß.« Er nimmt einen Pflanzstab und steckt ihn locker in die Erde.

»Woher?«

»Sie denken, ich war es?«

»Eine Menge Leute denken das.«

»Ich könnte es gewesen sein. Jetzt passen Sie mal auf.«

Er wiegt den Hammer in der Hand, dann wirft er ihn hoch in die Luft. Der Hammer dreht sich und schlägt genau auf dem Pflanzstab auf, der sich dadurch etwa zehn Zentimeter tief in die Erde bohrt.

»So könnte es gewesen sein.«

Er schüttelt den Kopf. »War es aber nicht.«

»Wie war es denn?«

»Ich habe es gesehen. Auf dem Rückweg. Ich beobachte die Frau, weil sie einen Hund bei sich hat. Es war ja ziemlich stürmisch, wenig Leute unterwegs. Ich achte nur auf den Köter, aber der war an der Leine. Meinen Hammer hatte ich schon in der Hand. Sollte er nur kommen, der Köter.«

Er hebt seinen Hammer auf, schwingt ihn probehalber.

»Plötzlich sehe ich, wie ein Ast aus dem Baum fällt. Vom Sturm, so ein abgestorbener. Er trifft die Frau. Sie fällt, und der blöde Hund nimmt den Ast und rennt damit weg. Ich halte an und sehe, dass die Frau sich wieder aufrichtet. Na, denke ich, dann ist ja alles noch mal gutgegangen.«

Er zieht den Stab aus der Erde und geht zurück zu seiner Hütte. »Heute Morgen lese ich dann, dass sie tot ist. Wenn sie es ist. Könnte ja auch eine andere sein.«

»Sie sollten zur Polizei gehen und erzählen, was Sie beobachtet haben.«

»Das finden die auch alles ohne mich heraus.«

Er zielt erneut mit seinem Hammer. »Sehen Sie da.« Er zeigt auf einen kleinen leeren Blumentopf am anderen Ende des Gartens. Er wirft diesmal seitlich. Der Topf zersplittert.

»Sie müssen zur Polizei.«

»Wie nennen mich die Leute? Der Hammer von Wandsbek?« Er schüttelt den Kopf.

»Sonst kommt die Polizei zu Ihnen. Nicht so gut.«

»Ist alles schlecht.«

Keine Zicken

Zwei Tage später bestätigt ein ausführlicher Zeitungsartikel die Version des Hammermannes. Angeblich hatte der Hund den Ast wiedergefunden, durch den die Frau starb. Neben einem Bild der Frau ist das Foto des trauernden Ehemannes abgedruckt. Er steht vor dem am Boden liegenden Blumenstrauß. Auch ein Foto des Hundes ist dabei. Er hält den Kopf schräg und sieht den Betrachter an. Unter seinem Bild steht, dass er ein neues Herrchen sucht. Das müsste doch klappen. Triumphierend mache ich mich auf den Weg zu Frau Heuer. Sie hat mir bis jetzt kein Wort geglaubt. Nächste Woche wird sie neunzig, und ich finde, es ist der richtige Zeitpunkt, den Revolver abzugeben.

»Ach, Sie sind es«, empfängt sie mich enttäuscht.

»Wen haben Sie erwartet?«

»Doris, Frau Ehrmann, sie ist überfällig. Sie wollte doch zum Kaffee kommen.«

Ich wedle mit der Zeitung. »Haben Sie es schon gelesen?«

Ich breite den Artikel auf ihrem Küchentisch aus. Aber sie winkt ab.

»Kenne ich doch.«

»Und?«

»Ach, Herr Bartzsch, wir wissen doch, wie das läuft. Die erzählen uns irgendeine Geschichte, um uns zu beruhigen. Wer soll das denn glauben. Ich bitte Sie: ein Hund, der den Ast wegträgt! Nein, nein, die wesentliche Information wird zurückgehalten, damit sich der Mörder in Sicherheit wiegen kann. Kein Wort von dem Mann mit dem Hammer. Sehen Sie, das genau ist der Beweis: Er war es!«

Sie sieht zur Uhr. »Ich verstehe das nicht, Doris hat sich noch nie verspätet. Was für ein Glück, dass ich ihr den Revolver mitgegeben habe.«

»Was? Wo ist sie hingegangen?«

»Sie wollte noch einen kleinen Verdauungsspaziergang machen und anschließend zum Kaffee kommen.«

»Wo ist sie?«

»Und ich habe ihr gesagt, wenn du den Kerl siehst, knall ihn einfach ab. Sie weiß ja, wie man mit dem Revolver umgeht.«

»Wo ist sie hingegangen?«

»Ach, das wäre nett, Herr Bartzsch, wenn Sie mal

nach ihr schauen würden. Sie geht immer Richtung Mühlenteich.«

Ich nehme das Fahrrad.

Kurz vor der Wandsbeker Königstraße kommt mir ein junger Mann mit erhobenen Händen entgegen.

Fünf Schritte hinter ihm geht Doris Ehrmann. Den Revolver hält sie mit ausgestrecktem Arm. »Keine Zicken«, schreit sie, dann sieht sie mich. »Ach, Herr Bartzsch, gut, dass Sie kommen. Ich kann dieses Ding schon nicht mehr halten. Verhaften Sie doch mal den jungen Mann. Er ist es.«

Ich nehme ihr die Waffe ab. »Wer ist das?«

»Der Hammermörder, Sie wissen doch.«

Ich stecke die Waffe in die Tasche. Frau Ehrmann sieht mich entsetzt an.

»Aber er hat ein ganz schwarzes Fahrrad. Es steht vorn an der Straße.«

»Nein, der ist das nicht. Der Mann mit dem Hammer ist viel älter und außerdem unschuldig.«

Der junge Mann lässt die Hände herunter und geht langsam zurück. Als er bei Frau Ehrmann vorbeikommt, tippt er hinter ihrem Rücken mit dem Finger an die Stirn. »Die spinnt ja.«

»Gehen Sie schon.«

Nach ein paar Schritten kommt er noch mal zurück. »War der Revolver echt?«

»Nur eine Wasserpistole. Haben Sie das nicht gesehen?«

Ich nehme Frau Ehrmann am Arm. »Kommen Sie. Der Kuchen wartet.«

Es ist besser, wir verschwinden schnell. Der junge Mann könnte die Polizei rufen.

Die Pistole wiegt schwer in meiner Jackentasche. Was mache ich bloß damit?

Ob ich sie in die Wandse werfe?

Und wenn ich sie einfach für mich behalte?

Für den nächsten Fall?

In einer Großstadt sollen so viele Mörder herumlaufen.

Oder doch lieber zur Polizei?

Nachwort

Im Kampf gegen die kriminelle Vereinigung der Allergene

Jeder Schritt aus seiner Wohnung könnte tödlich sein. Seine Feinde sind unsichtbar, haben ihn umzingelt. Sie belagern ihn, versuchen durch jede Ritze zu dringen. Nur in seiner speziell ausgestatteten Wohnung gibt es noch ein wenig Sicherheit.

Schwer angeschlagen liegt der Held dort, bekommt kaum noch Luft, seine Haut ist roh und blutig, seine Augen verquollen. Doch er gibt nicht auf. Ganz im Gegenteil, er ist drauf und dran, sich weitere Feinde zu machen.

Dies ist die Situation des Amateurdetektivs Bartzsch. Kenner wissen, seinen Vornamen gibt er nicht preis.

Von allen kranken, alkoholabhängigen, einarmigen und behinderten Detektiven ist er am schlimmsten dran. »Ich horchte auf meine Bronchien. Mein Atem pfiff ein leises Lied. Ich holte tief Luft, und ein primitives Orchester versammelte sich in meiner Luftröhre. Die Musiker stimmten ihre Instrumente, strichen, bliesen, zupften, aber unter der rauen Regie des Luftzuges meiner Lungen konnte nichts gelingen. Ich versuchte die archaische Melodie, die mich seit Jahren immer wieder begleitet, durch Husten und ausgedehntes Räuspern zu unterbrechen. Es gelang nicht.« So schildert Bartzsch seinen Zustand am Anfang des Romans *Kortison.* Und doch ist es gerade seine Krankheit, die ihn zum Detektiv gemacht hat. Aus Langeweile. Als Hyperallergiker konnte er keinen Beruf mehr ausüben. Was lag näher als die Kenntnis beim Aufspüren der Allergene auch zum Aufspüren von Verbrechen zu nutzen. Denn von kriminellen Elementen muss Bartzsch umgeben sein, oder er zieht sie magisch an.

Viermal klärt er ohne Rücksicht auf seinen Leib und sein Leben in *Melodie der Bronchien* ein Verbrechen auf. Denn immer stellen sich ihm nicht nur die Verbrecher, sondern auch die Allergene in den Weg. Ungeachtet der Gefahr ist er auf einer blutigen Spur toter Hunde. Gibt es einen mörderischen Hund, der seine Artgenossen umbringt? In einem kleinen Zwischenspiel beobachten wir ihn beim Aufspüren eines möglicherweise tödlichen Attentäters.

Bei den beiden dann folgenden Fällen ist auch Sylvia dabei. Jene unerschrockene Arzthelferin, die er in *Kortison,* dem ersten Band der Allergie-Trilogie, kennenlernte. Er saß im Wartezimmer, während der Arzt starb. An einem anaphylaktischen Schock. Und da kannte Bartzsch sich aus, denn das ist der größte anzunehmende Unfall für einen Allergiker. Eine Überreaktion des Immunsystems, die zum Tode führt, wenn nicht in kürzester Zeit Kortison gespritzt wird. Ein Medikament, das eigentlich in jeder Arztpraxis vorzufinden sein sollte. In dieser allerdings nicht. Gemeinsam mit Sylvia macht er sich an die Aufklärung des mysteriösen Todesfalles. Seither kümmert sich die Arzthelferin als Geliebte und persönliche Krankenschwester um Bartzschs Gesundheit und entwickelt selbst detektivischen Spürsinn.

Mit Sylvia im Hintergrund bringt er hier einen vollkommen durchgeknallten Entführer zur Strecke. Dabei hilft ihm die Hellhörigkeit des Hauses, in dem seine Wohnung liegt. Zum Schluss bekommt Bartzsch den Auftrag, den Mann mit dem Hammer zu jagen. Eine Verfolgungsjagd per Fahrrad. Ungesund für Bartzsch, außerdem sieht er plötzlich überall Leichen.

Bartzsch ist nicht aus der Luft gegriffen. Er hat ein Vorbild. Ein Freund, Allergiker und Asthmatiker, dessen Schutzmaßnahmen ich beobachten konnte. Mehr noch: Ich konnte über Jahre hinweg erkennen, wie gezieltes sportliches Training zu einer körperlichen Konstitution führen, die ihn jeden Anfall besser ertragen und überstehen ließ. Bei meinem Freund ging es so weit, dass er als Asthmatiker sogar Marathon lief.

Ein Ziel, dass sich Sylvia wohl auch für ihren

Bartzsch gesetzt hat. In *Neurodermitis*, dem dritten Band der Allergie-Trilogie, nachzulesen.

Aber dieser Freund ist nicht das einzige Vorbild. Ich weiß, es gibt zahllose Allergiker und Asthmatiker unter meinen Lesern. Dreißig Prozent der Bevölkerung leiden daran. Eine Buchhändlerin unter ihnen erzählte mir einmal, wenn es ihr besonders schlecht gehe, lese sie ein bisschen bei Bartzsch, um festzustellen, dass es dem immer noch schlechter gehe als ihr. Vielleicht hilft man Kranken nicht, so hat einmal ein Wissenschaftler behauptet, indem man sie aufzuheitern versucht, sondern indem man ihnen einen noch viel kränkeren Menschen vorstellt.

Falls Sie also zu den von Allergenen gebeutelten Lesern gehören, möchte ich Ihnen dringend meinen Freund Bartzsch empfehlen.

Gunter Gerlach
Hamburg, April 2007

Editorische Notiz

»Allergien«: erschien in *Mörderisches Hamburg*. Hrsg. von Michael Koglin. Simader Verlag: Frankfurt am Main 1994

»Überfall«: erschien in *Kellners Gästebuch*. Hrsg. von Michael Kellner. Kellner Verlag: Hamburg 1994

»Verdächtige Geräusche«: erschien erstmalig in der Reihe »Schwarze Hefte«. Hrsg. von Volker Albers. Hamburger Abendblatt 1998

»Der Hammer von Wandsbek«: erschien ebenfalls in der Reihe »Schwarze Hefte«. Hrsg. von Volker Albers. Hamburger Abendblatt 1999